KB132326

우리 둘에게 큰일은 일어나지 않는다
김상혁 시집

문학동네시인선 192 김상혁

우리 둘에게 큰일은 일어나지 않는다

시인의 말

　목욕 끝낸 아이의 복사뼈와 뒤꿈치에 로션을 발라준다.
아이도 이제 익숙한지 까치발 하고 기다린다. 나 죽고 나서
언젠가, 다 늙어서도 매끌매끌한 저 발을 누군가 알아봐주
면 좋겠다.

2023년 5월
김상혁

차례

시인의 말   005

1부 아이는 돌아오지 않을 것이다

엄마의 독   012
작은 집   014
심하게 봄   016
놀라운 자연 1   017
놀라운 자연 2   018
알기 쉬운 그림으로   020
대류 현상을 설명하는 페이지
동생 동물 1   022
유리 인간   024
소설(小雪)   025
유령이 없다면 슬프다   026
불확실한 인간   028
사람이 없다면 슬프다   030
그는 어떻게 되었을까   032
동생 동물 2   034

2부 엄마, 얘기를 꺼내면 사람들이 좋아합니다

춘분   036
두고 온 사람   037
마을 광장   038
한겨울 진정한 친구는 어디에 있나   040
선생은 장난을 친다   042
팔과 딸   043
한겨울 어느 불쌍한 영혼들을 굽어살피는   044
산 옮기기   046
삼십 분   047
지붕과 이야기   048
노크   050
목소리   052
단상, 아카데미   053

3부 딱하다는 생각은 들지 않는다

불과 행운   056
연기 혹은 유령   057
겨울 같은 사람이 빛나는 밤   058
미래상가   060
미래지향   062
얼굴이 온다   063
사랑이 충만했으나   064
좋은 것   066
선양   068
무스   069
오세요 미야기   070
두 사람   072
가능성   073

4부 하나의 문장이 하나의 이야기가 된다는 것

정원은 결심했다   076
하나의 문장이 하나의 이야기가 된다는 것   078
첫 소설   080
포스터   082
네가 말해주는   083
그림이 된다   084
아이의 빛   085
바다 보기   086
시끄러운 사람   088
내가 잘 모르는 강아지   090
오래전 사진   092
비밀의 숲   093

발문|작은 집으로, 작은 집에서   095
　　　유희경(시인)

1부
아이는 돌아오지 않을 것이다

엄마의 독

시가 될 만한 상황이 좀처럼 떠오르지 않는 젊은 작가는
큰일이다 하지만 동생이 곧 죽는다는 사실은 더없는 진실
이다
　더 큰일은
　자신은 죽음이 두렵지 않다며 가족을 위로하는 동생 목소
리에서 한 치의 의심도 느낄 수 없다는 것
　병상에 누워 숨 헐떡이며 아주 나중에 보자고 그가 내 손
을 꼭 잡는다
　그때 '어째서 형은 어머니를 사랑하지 않지? 삼 남매를 낳
느라 뼈가 삭아서 작은 화분 하나 제대로 들지 못하는 말라
빠진 노인을!' 하는 속삭임이 들렸다
　그렇지만 동생아, 날 적부터 내장이 온통 망가져 죽어가
는 강아지 새끼와 다를 바 없던 네가,
　세상 멍청한 우리 어머니가 주는 초콜릿, 주스, 과일을 거
절할 줄만 알았더라면 형과 누나보다 세상을 먼저 뜨는 일
은 없었을 텐데
　동생은 자신이 그토록 사랑한 엄마의 독(毒)을 덥석덥석
받아먹었으며, 어머니는 무슨 짓을 하는지 어렴풋이 알면
서도 '조금 먹는다고 별일 있겠어? 아이가 행복해하잖아!'
생각하며 자기 사랑에 빠져 있었다
　(땀흘리며 열심히 먹는 동생의 살진 얼굴이 떠오른다
　아끼는 사람을 하나의 커다란 얼굴로밖에 회상하지 못할
때 그는 내 감정으로부터 밀려나고 만다)

비참한 삶에 대해 동정심을 잃어가는 젊은 작가는 감동 없
는 글만 쓰므로 큰일이다
　더 큰일은
　동생 시신을 태우고도 어머니가 최고로 불쌍히 여긴 사람
이 실은 어머니 자신이라는 것, 하지만 그가 어린 아들을 잃
었다는 사실은 더없는 진실이다

작은 집

— 너는 가진 것이 많으니 우리에게 무엇을 줄 수 있는가?

나 드릴 것은 꿈.
따뜻한 방에서
오래 잘 자고
깨서 생각해보면 이상하지, 꿈이 보여주는 장면이란
지금 사는 아내와 먹고 산책하고 함께 책상에 앉아 원고
를 보는 일이라서
그저 현실의 반복이라네.
그러므로 드려도 좋을 것은 꿈,
현재보다 더 낫지도, 더 나쁘지도 않은 나의 꿈을 드리지.

여전히 가진 것이 많으니 무엇을 내놓겠는가?

내놓을 것은 돈.
친구와 가족이 인정하는바
나는 돈에 욕심 없고 가난한 사람,
하지만 실상은 정반대라네.
이루 말할 수 없는 부가 아니라면 다 고만고만하게 느껴져
돈에 초연한 사람으로 보일 뿐.
그러니 주머니 다 털어가시오,
집안을 온통 채울 만큼이 아니라면 별 의미도 없는 것을.

—

그래도 가진 게 남았으니 무얼 더 내려놓을 건가?

내게 약속해줄 수 있소?
당신들이 착한 존재라는 점을요.
그렇다면 생명도 내려놓지, 사실
아이를 만들고 얼마 후부터 내 인생에 저것보다 더 잘할
일은 없으리라 느끼니
행복한 일이지, 동시에
자꾸만 뒤를 돌아보게 되고
그때마다 지난날의 피로를 실감하는 중이라오.

그게 다일까? 너는 무엇을 더 빼앗길 수 있나?

아이.
지금은 작고 불쌍한 새처럼 결코
아빠를 떠나지 않겠노라 재잘대지만
머리 크면 알게 되겠지, 사랑하는 것과 중요한 것이 다를
수 있다는 걸.
제발 아이에게 모든 것을 해주세요, 그리고
우리를 위하여 이 집 하나는 남겨주시오.
나와 아내와 아이는 한때 이곳에 살면서 세상 무서운 것
이 없었답니다.

심하게 봄

하지만 생각해보세요, 심하게 봄이라는 말을

봄꽃이 만발하고 꽃가루 온통 날리는 날이어서, 심하게
봄이네, 중얼거렸는데

어느 골목에서 봄 튀어나와 갑자기 한 팔로 나의 목을 휘
감더니

자기가 나의 오랜 친구라는 것이죠 왜 이래요? 누구신데
요? 해봐야

기어이 내 다리를 걸어 넘어뜨리고 멱살까지 잡는 것이죠

나더러 사랑도 우정도 간직할 줄 모르는 금수 같은 새끼
라며

때리기 시작하는데 생각해보세요, 심하게 봄이라는 말을

적당할 줄 모르는 봄바람에 눈코 뜰 수 없는 날이어서, 심
하게 봄이네, 혼자서 한번 말해본 것인데 이제는 멀어진 어
느 골목서부터 나를 쫓아와

우리 좀 데려가라, 높아진 어깨 위에다 꽃잎 하나라도 달
고 떠나라,

나더러 혼자만 살아서 돌아갈 생각을 말라는 것이에요

놀라운 자연 1

아이는 돌아오지 않을 것이다
내가 봤다 그를 차에 태우고 오면서
잿더미 된 숲을 보듯 나를 보는 모습을
그리고 아내에게 말할 수 없을 것이다
불타는 곳에 남은 건 우리 둘뿐이라는 걸
놀라운 자연이 인간에게 가르친 것
아이가 돌아오지 않는다는 것
하나 남은 나무의 그늘 밑에서 바라본
한밤은 훨씬 밝고 더 나은 곳이었다

놀라운 자연 2

어린 귀신이 어깨에 타고 있다, 그래서 일이 풀리지 않는 거야 끝없이 내 머릿속을 바다로, 바다로 몰아가는 작고 투명한 두 손을 떠올리면서

그렇다면 그 오랜 시간 귀신이 이룬 것이란 고작 높은 곳에 서면 내가 느끼는 공포증이라는 말이야 모처럼 산에 가려고 채비를 마친 날 쏟아지는 빗줄기라는 말이지

산머리에 도착하면 놀라운 자연이 펼쳐지는데 그런 장면은 나를 더 높은 곳으로 밀어올린다는 말이야 하지만 바다로 돌아오면 손 내미는 물결이 내 몸에서 뭐라도 하나를 떼어간다는 말이지

그렇다면 귀신은 남의 물건을 쥐고 물로 뛰어들었다 몇 번이고 돌아오며 끝없는 시간을 잃고 있다는 말이지

내 어깨가 너무 높다고 생각하면서, 그래서 멀미가 끝나질 않는 거야 어린 귀신이 이룬 것이란 고작 밤마다 나를 몇 시간 먼저 눕히는 일이란 말이야 이리저리 꿈결에 휩쓸리는 나의 귀에, 시간에 가라앉는 것이 그저 육신뿐이기를……하고 속삭이는 일이란 말이지

그렇다면 어린 손이 펼쳐놓은 놀라운 자연이 나의 잠을 밀

으로 밑으로 영원히 끌고 가리라는 것이다

알기 쉬운 그림으로
대류 현상을 설명하는 페이지

거센 바닷바람 맞으며 절벽에 사람이 서 있군요
너무 낮게 그려진 태양에 어깨가 닿을 것 같은,
알아보기 쉬우라고 삽화가가 부러 크게 그린 남자로군요
아슬아슬한 절벽에 서서 그가 페이지 바깥을 쳐다보는데

(한여름 바닷가에 부는 바람은 우리의 땀도 식히고 마음
도 시원하게 해줍니다)

말풍선이 한가한 말을 담고 있군요
맥락 없이 흰 새 두 마리가 푸른 하늘을 나는 중이라서
휴가지 같군요 해풍 속에서 주름 하나 없는 바다의 표면이
귀국 잊은 마음과 같군요 사람을 계속 세워두고 있군요

(북극에 선 사람이 자전하는 지구의 적도까지 공을 던졌
다고 가정해봅시다)

어려울 게 없군요 그날 문득 바람이 불었다, 종잡지 못
해서
세상사 바람 같다고 하는데, 쉬운 그림이 다 알려주는군요
어두운 복도를 화살표 유도등 따라 다 걷겠다고 생각하며
책을 덮었습니다 누군가 어깨를 두드려주는 것만 같군요

(뜨겁고 땀이 납니다 바람 한 점 없어서 몸도 마음도 시

원하질 않군요)   —

동생 동물 1

다섯 살 동생
이른 아침 비몽사몽인 부모 흔들어 깨우다 지쳐 거실에서
혼자 놀다가 현관문 열고 사라진 게 삼십 년 전
아가, 나 금방 일어날게, 놀고 있어
아버지 그날 잠결에 뱉은 다정한 말 되새기며 지금껏 서
서히 죽어가는 중이고
어머닌 죽었다

그러니까 기억도 없는 한 살 터울 벌써 죽었다 해도 말이
되는 동생 얘기를 하필 내 아이 다섯 살 생일날 또 꺼내냔
말이지? 아버지,
나를 요즘
아이가 속삭이면 자다가도 벌떡 일어나 눈 부릅뜨고 앉아
있게 만드냔 말이야

잊을 겸 어머니의 영혼은
무더운 평일 낮 숲길을 걸으며 일과를 마친다
다시 뉘우칠 겸, 아버지
'동생 없어지고 곧장 놀이터로 내달리는데 멀리서 보니 모
래밭에 쪼그려앉은 익숙한 아이 등이 보였다 너 오늘 죽었
어, 이 새끼 누가 아빠한테 말도 안 하고 나가래? 좋고 화나
서 소리지르며 달리다가, 내 아이 아니구나, 내 아이가 아
니야, 하고 집으로 돌아오는 길엔 세상 모든 일이 다 농담

같기만 했다'

  늙은 역술인은 동생이 원체 단명할 사주라 하고
  어린 무속인은 노랑머리 어진 양부모 밑에서 올곧게 성장
한 동생을 본다
  아버지 꿈자리는 무덤을 파고 파도 눈에 띄는 영혼 하나
못 찾는 한산한 동네다

  내 동생 눈매까지 다 기억한다는 늙은 친척들 모였는데
왜 웃어? 웃으면서 말해? 아무도 웃은 적 없지만 물어보았
다, 내 아이가

  토끼, 호랑이, 돼지, 용,
  제 생일상 한쪽에 쌓인 갈빗대 앞으로 장난감 동물을 줄
세우고 냠냠 귀여운 소리를 낸다

유리 인간

바람은 창에서 멈춥니다 새는 부딪혀 떨어지고요
통유리 안에 사는 당신이 한밤중 환한 전등을 켜자
놀라울 만큼 멀리까지 당신은 보이고야 말았습니다
귀엽고 통통한 두 볼이 전등만큼이나 눈부시므로
기어코 바쁜 행인들의 시선을 사로잡고 맙니다
손바닥 호호 불면서 추위에 떨다가 유리 너머로
말랑하고 따뜻한 당신 얼굴이 고백하듯 떠올라
모두의 차디찬 마음이 짧게 사랑을 느끼는 중인데
새가 얼어죽습니다 고양이는 추위에 어쩔 줄 모르죠
그래서 대체 하려는 말이 뭐야? 당장 창을 열어
새, 고양이, 행인과 함께 겨울을 걸으라는 거야?
아니요, 이토록 아름다운 당신조차 창밖에서라면
다른 창으로 달려가 구걸을 시작할 것이에요
아니면 놀라울 만큼 멀리까지 보이는 또다른
귀엽고 통통한 볼을 보려고 멈춘 우리처럼,
이 밤처럼 추운 길을 정처 없이 헤매야 한답니다
말이 나왔으니 창밖의 인간이란 겨울의 바닥이며
눈밭을 더럽히는 냄새나는 구멍일 뿐이죠, 당신은
새와 고양이와 행인의 길을 한없이 이어주는
빛이랍니다 그런 당신에게 우리 모두 반했으며
또한 그런 빛과 어쩔 수 없이 싸우는 중이랍니다

소설(小雪)

무엇을 읽어도 감동이 없다고 말하는 나와
뭐든 읽어야 숨이 트인다고 말하는 당신이
오늘 굳게 마음먹는다 책 한 권 펼쳐두고
대체 무엇이 나의 마음을 단단히 닫았으며
무엇이 당신 앞날의 실감을 무디게 하였는지
꼭 알아내고 싶은 것이다 아니면 큰일난다,
아니면 우린 정말 끝이다 싶어서 마주앉았다
처음엔 전혀 다른 사람이었다가 곧 너무나
똑같은 사람이 되었다가 다시 오랫동안 조금씩
서로 다른 사람이 된다 그러다 좀 슬퍼서 나는
안절부절못하는 대신 시간아 가라, 흘러라 했다
당신은 이제 책을 읽을 때만 우는 사람이고
나는 당신의 독서가 끝나기를 기다리는 사람이다
하도 읽어서 저절로 펼쳐진 우리의 책
저것을 왜 그리도 열심히 읽었나?
거기 숨막히는 감동은 없다 그렇다고 이제 와
나와 당신이 아까워하는 시간도 아니었다

유령이 없다면 슬프다

유령은 오늘도 바쁜 사람만 뒤쫓아 귓속말을 하네 자네는 우리도 아니면서 어째서 두 눈에 딴 사람을 비추지 않는가? 하지만 유령의 음성이란 어둠 속에서 깎이고 깎이다가 실낱 같아지는 빛이라네 바쁜 사람에게 유령은 한낱 소음도 아니라는 말이지 퇴근한 사람이 전등 스위치를 올려 방에서 밤을 몽땅 몰아냈다는 말이고 유령에 대하여 가는귀먹은 노인처럼 잠들었다는 말이야

유령은 출근 준비하는 바쁜 사람이 미워 죽겠네 옷 차려입는 그와 거울 사이를 둥둥 떠다니다가 발바닥이 개의 차가운 혀에 닿자 펄쩍 뛰었고 유리잔 하나를 깨먹고 말았다네 하지만 유령이 저지른 실수란 유령이 갚을 업보로만 쌓인다는 말이지 급히 나간 바쁜 사람을 대신해 깨진 바닥을 쓸고 있네 시간에 대하여 무력한 쪽은 유령도 사람도 매한가지라는 말이야

그렇다면 오늘은 시간 말고 돈 이야기를 꺼내겠다! 기어이 유령은 바쁜 사람을 따라 식당으로 들어서네 하지만 밥 넘길 목구멍도 없어 사람 먹는 국밥 냄새나 탐하는 유령이 무슨 수로 자기 주머니를 챙긴단 말이야? 음식 먹느라 쩝쩝대는 소리로 마음이나 달래다가 유령이 막 일어나려는데, 바쁜 사람이 휴대폰을 꺼내 아이 사진 한 번 강아지 사진 한 번 보고 말하길

세상에 유령이 없다면 슬플 것이다 내가 죽어서 유령이 될 수 없다면 정말로 슬플 것이다 이번에는 유령이 귀를 기울이고 기울이다가, 에어컨 바람에 차게 식은 사람 목덜미에 닿아서 펄쩍 뛰었고 또 유리잔 하나를 깨먹고 말았다네 그런데 주인이 깨진 유리를 쓸어담는 동안 유령은 깨진 바닥을 쓸면서 실실거렸다는 말이지 살았을 적 식당에서 유리잔 떨어뜨린 기억이 떠올랐다는 말이고 이제 슬픔이 없으니 돈도 시간도 쓸모없기는 매한가지란 말이야

불확실한 인간

확실히 나는 이 아이의 심장을 사랑한다
엄마 뱃속에서 몇 년 전에 만들어졌으므로 심장은
아주 일정한 박동으로 깨끗한 피를 뿜어내고 있다

확실히 나는 이 아이의 투명한 눈동자에 끌린다
솜털 빽빽한, 유난히 처진 어깨 위에 입맞추고 싶다
그리고 아무리 더러워도 아이 발가락은 열 개의
앙증맞은 열매처럼 내 눈앞에 가지런히 놓인다

나는 아이가 대충 쓰다 버린 도화지마저 원할 때가 있다
영원히 간직하려는 마음은 아니지만 테이블 위에 그 낙
서를 올려두고
사진을 찍은 뒤 그래도 한 며칠간 즐겁게 들여다본다
그리고 '사랑합니다'와 같은 문장은 더욱 소중하다
아이는 '사랑'까지 쓰고서 글씨 오른편 여백이 부족하면
나머지를 왼편에다 적어버린다
('합니다사랑' 같은 조합에 미소 짓지 않을 부모는 없을
테니)

물론 아이 심장만을 따로 꺼내보고 싶을 리 없다
아무리 그게 예뻐도 아이 눈알 아니면 어깨를 따로 떼어
낼 수도
작은 발가락 중에 한 개 정도를 주머니에 챙길 수도 없다

또한 아이가 버린 도화지는 언젠가 내게도 무심히 버려
질 수밖에

그렇지만 나는 대화를 시도하고 만다
아이의 심장, 눈알, 어깨, 발가락, 쓰레기통에서 꺼내온
도화지에
그 각각의 것을 머릿속에 그려본다
내 부모에 대한 애정이나 아내에 관한 생각은 그렇지 않
았다
굳이 강아지 꼬리나 고양이 오줌통을 따로 떼어 그려보
지 않듯이

그렇지만 이 작은 인간에 대해서는
열이 펄펄 끓는 이마를 짚어주는 중에,
복통에 시달리는 아이 배를 손바닥으로 문지르면서,
문득 뜨거운 이마 아래 얇아진 눈까풀이 사랑스럽고 가스
로 부푼 복부 한가운데 잘 자리잡은 배꼽에 눈이 간다

다르게 말해 내 생각 속에서
죽음과 아이는 어째서 이토록 동떨어져 있는지?
가령 정말로 죽은듯이 잠들어 있는 작고 차가운 몸뚱이를
만졌다가 소스라치게 놀라
숨을 확인하고 나서야 비로소 안심하는 지금 이 순간에도

사람이 없다면 슬프다

깊은 잠에 빠진 사람더러 죽은 것 같다고 말하면 안 됩니다
말이 씨가 되면 어쩌지? 하는 생각에 숨을 멈추고 귀기울이는 것입니다

내가 더 많이 먹고 잘 마셔서 미안하다고 느끼는 것입니다

이 세상이 멸망하여 둘만 남는다면? 그러다 나만 남는다면? 그려보는 것이고
우는 나 쳐다볼 사람 다 죽었는데, 내가 얼마나 울게 될지를 가늠하는 것입니다

버스정류장까지 나갔다가 허겁지겁 돌아왔고 죽은 것 같은 그를 들여다보고 있습니다
하지만 불변하는 얼굴을 지키는 시간이란 얼마나 길고 지겨운지? 내 사랑과 인내는 거기까지라고 생각하는 것입니다

베갯머리 그가 펼쳐둔 책장에서 방금까지의 기쁨을 짐작하는 것입니다
천장만 바라보는 그의 연약한 꿈과 이야기를 조금 비틀어두면 어떨지?
눈까풀 밑을 떠도는 먼지 같은 세계가 잠자는 이마 위로

조용히 쌓이는 것입니다

　죽은듯 잠에 빠진 사람더러 잠시 후 그를 깨울 침묵이 가
짜라고 말하면 안 됩니다

　세상 멀쩡한 가운데 그가 혼자 남더라도
　다시 집밖으로 나를 잘 밀어내고 이번에는 문을 잠그라고
충고하는 것입니다

그는 어떻게 되었을까

그는 어떻게 되었을까?
우리는 산림조합중앙회 앞에서 호수를 바라본다
산사나무 그늘 밑에서 바라보는 사월의 쨍한 호수에
그가 가라앉아 있다 생각하면 좀 웃음이 난다고
하나가 말하자 다른 하나가 그건 웃을 일이 아니라고
말하고 또다른 하나가 어색해서 못 앉아 있겠다며
자리를 뜨는 오늘로부터 정확히 일 년 전에 그는
어린애 얼굴만한 배낭 하나 어깨에 메고 잠실을 떠났다

그는 어떻게 되었을까?
자유 아니면 죽음을 달라고 외치는 군중 지나가고
춥고 적막해진 광장 구석에서 타는 모닥불에 둘러 모여
그의 배낭이 물에서 죽었다던 어린 아들 유품이면 그건
기막힌 드라마 아니겠냐고 하나가 말하자 다른 하나가
그런 눈물나는 부성도 있냐며 눈물 훔치고 또다른
하나가 개새끼가, 썩어도 그런 드라마를 쓰니? 멱살 잡는
어느 겨울로부터 이제 족히 몇십 년은 더 지났으므로

그는 어떻게 되었을까? 하는 질문조차 봄여름 가을겨울
거듭 지나며 붙고 터지다가 타서 날리다가 희미한 감정
늙은 우리는 달마다 교대 돼지곱창집 모임에 나와 당연히
그가 진즉에 죽었으리라 여기며 이제야 하는 말인데
호수건 바다건, 배낭이 자식 같건, 무슨 상관이냐며

하나가 말하자 다른 하나가 그래! 이르든 늦든 사람
돼지는 건 다 똑같지! 말하고 몇십 년 지났는데 또다른
하나가 그날도 상을 엎었으며 그것으로 우리의 우정도
정말 끝이었다

동생 동물 2

말을 막 시작한 다섯 살 동생에게 가르친 것
너의 방은 네 것이야
네가 잠근 문은 네 허락 없이 열리지 않는단다
그렇지만 문 닫을 때 손가락 조심하고
방을 나오면 언제나 사랑받을 거라는 사실

알아두렴, 세월은 너무나도 빨라
하얀 커튼 뒤에 숨어 엄마 얼굴 쳐다보고 있을 때
네가 까먹는 건 너의 시간만이 아니야

하지만 동생은 돌아오지 않을 것이다
알다시피 어린애는 짐승과 다름없다

2부
엄마, 얘기를 꺼내면 사람들이 좋아합니다

춘분

너에게는 안됐지만
한때 나의 아이는 너였다
너는 모욕으로 느낄 테지만
내가 혼자 기르던 아이가 너였다
이 말을 옛이야기처럼 들려주려고
내 마음 밑에서 네가 자고 깨는 걸 지켜봤다
너에게는 미안하지만 이른 저녁이 먼 가장자리부터
무너지고 있었다 감청색 공기 짙어지더니
밤은 없고 빛부터 들이쳤다
이불 밑에서 눈이 부셨다
한때 나의 아이는 너였다
너는 모욕으로 느낄 것이다 어째서,
나의 옛이야기가 우리 사랑과 이토록 무관한지

두고 온 사람

산에 큰불 났는데 친구가 산으로 되돌아가고 있습니다. 같이 달려와서 산불 저지선까지 얼마 안 남았는데, 절친한 벗이자 인생 스승인 그가 돌아간다고 합니다. 콩에서 콩이 나고 사랑 주면 사랑 돌아온다는 그의 교훈 빈틈이 없었는데 그가 큰불로 뛰어들며 거기서 살겠다 소리치는 겁니다. 돌이킬 방도가 없었습니다. 친구 손을 힘껏 잡아보지만, 산에는 그의 궁전 같은 집이 있고 그의 젊고 뜨거운 추억이 빚어낸 붉은 열매 과목들이 있습니다. 불길보다 더 시뻘건 벽돌담이 화기를 막아주리, 연기보다 높이 솟은 첨탑방이 자신을 구원하리, 친구이자 스승인 그가 주장합니다. 목숨 포기하지 않는다는 말이 과연 진심인지 비유인지, 과거 영광 같이 꼿꼿한 촛대가 다 녹고, 미지근한 물 올리는 금장식 분수대가 다 마를 때까지 친구는 살겠다고 합니다. 산비탈을 따라 물줄기 시대처럼 흘러가고, 나무 짐승 불탄 박엽지처럼 재가 되는데, 하여튼 그는 그리 말하고 있었고 더는 우리 앞에 나타나지 않을 겁니다.

마을 광장

길을 걷는다는 것은 하나의 꿈
길을 따라 걷다가 하나의 광장을 마주한다는 것은 또하나의 꿈
마을 한복판 원형 광장의 분수대에 이르기까지
아무런 의심 없이
아무런 고민 없이
아침에 눈뜨고 대충 먹을 것 삼키고 어제의 험한 이야기 흘려들으며
문을 박차고 나가서 곧장 향한다는 것은
모두의 싸움과 놀이의 양상이 거리 가득 눈부시게 흐르는 햇빛 속에 은폐되었다는 것이다
비 쏟아지는 날 우리가 사랑과 모함의 웅덩이를 첨벙첨벙 신나게 밟으며 같은 곳에 도착하리라는 것이지
광장에 모인다는 것은
광장 분수에 이른 뒤에야 질문을 시작하는 것이다
분수대 옆 길쭉한 조경수 몇십 그루 심어둔 자리 '숲'의 팻말 앞에 모여서
어제와 다를 바 없는 사진 한 장을 이내 남기리라는 것이고
서늘한 그늘도 간편한 우산도 되지 못하는 숲
그편에 서서 분수대 너머 지붕들이 끝없이 펼쳐진 마을 쪽으로 시선을 던지는 것이다
하나의 꿈마저 잊은 채

광장에서 가장 먼 집이 광장으로 걸어오기까지
누군가 나무를 오르고 있다
올라가는 물을 바라보고 있다
광장이란 어두워지기 전에 돌아가 편히 잠들어야 한다고
모두를 부추기는 함정이라는 것이지
그러자 함성이 울리는 더 깊은 광장을 향하여 걸어가는
것이다

한겨울 진정한 친구는 어디에 있나

한겨울 무작정 친구를 찾아 나섰다
얼마나 촌스러운지? 외로워서 추위를 무릅쓰는 거
'진정한 친구는 불속에서도 서로를 구한다'는 구절
잘 기억하지만, 발 안 닿는 강바닥, 날붙이를 든 취객,
어느 그림에서 본 불길, 어느 책에서 읽은 동사(凍死)
무릅쓰게 만들 친구는 어디에 있나
그런 사이라면 나는 그를 위하여
그는 나를 위하여 매일 행운과 안녕을 빌어줄 텐데
그가 나에게 속력과 속도의 차이를 알려주고
내가 그에게 현실과 개연성을 설명하고 또
진짜 끔찍하고 무서운 일이란 실제로
사람들에게 잘 일어나지 않는 법이라 말해줄 텐데
우정을 시험하는 물과 불과
죽음 같은 건 모두 딴 나라의 일이라는 듯이
나는 추위를 무릅쓰고 친구를 찾아 나섰다
친구끼리, 나야? 걔야? 묻는 거 얼마나 촌스러운지
무시로 그는 나의 생활을 침범할 것이다
그러고는 곧 일어선다 우정에는 피로가 없다는 듯이
어느 영화에서 본 크루즈 여행, 어느 잡지에서 찾은 술집
그런 자리에서 나는 그를 위하여
그는 나를 위하여 미래가 무슨 대수냐 말해줄 텐데
우정에는 끝도 공포도 없다는 듯이
눈보라를 걸어도 좋다는 듯이

한겨울 진정한 친구는 어디에 있나

선생은 장난을 친다

선생은 장난을 친다
물건에 대해서도 사람에 대해서도
타인의 사고에 대해서도 장난을 친다
그래서 미움받지만 그래도 장난을 친다
가망 없는 사랑에 대해서도 시위와 화재에 대해서도
찢어지게 가난한 친구에 대해서도 선생은 장난을 친다
어느 술자리였다 선생이 자기는 곧 죽는다고 슬프게 말
하였고
또 며칠이 지나자 장난을 쳤다 언제 죽을지 어떻게 죽을지
장난을 친다 수천 명이 묻힌 역사의 비극 수만이 재가 된
인류의 슬픔에 대해서도 선생은 장난을 친다 책이 말하는
전쟁에 대해서도 도감이 보여주는 죽은 아이에 대해서도
이렇게 가나 저렇게 가나? 그런 말로 장난을 친다
죽어가는 자에겐 그럴 권리가 있다는 듯이
인간이란 모두 어쩔 수 없다는 듯이
미움받는 선생은 장난을 친다

팔과 딸

"그 팔은, 어찌된 일입니까?" 팔은 인생의 은유 같다.

이에 선천적으로 사지가 짧은 외국인 남성이 라디오에서 말하길, "그날 내가 십 센티미터만 손을 더 뻗을 수 있었더라면 국경을 넘다 카고 트럭 밑으로 굴러떨어진 딸애를 붙잡았을 것이다." 하지만 어린 자식이란 부모가 떼어내기도 마음껏 놀리기도 어려운 수족에 불과하다, 아이가 자립하려면 더 많은 시간이 필요하다, 같은 생각만 든다. 쫓기고 붙잡히고 영 헤어지고 총 맞는 사람들 얘기는 신경도 못 썼다. 잠깐의 침묵 속에서 남성이 훌쩍거리기 시작했을 때 라디오 진행자가 이르길, "방금 동시통역사의 실수로 '팔'이라 물어야 할 것을 '딸'로 잘못 전달했다. 그래서 딸 이야기가 나온 것이다."

그는 울음을 멈추지 않는다. 어차피 자신의 짧은 팔에 관해 다른 할말이 있는 것도 아니었다.

한겨울 어느 불쌍한 영혼들을 굽어살피는

　저는 이 자리에…… 뭔가를 크게 잘못 생각하고 있는 독
자들에 대한 이야기를 하려고 섰습니다…… 그것은 요즘 한
창 유행하는 소설에 관한 이야기이기도 합니다. 시내 중식
당에서 튀긴 돼지고기와 따뜻한 국수를 배부르게 먹고 나오
는 길이었는데, 아까 점심 식탁에 앉을 때부터 유난히 상냥
하던 나의 친구가 문득 광장 한복판에서 목청을 높인다. 그
러고는 한겨울의 풍경을 탁월하게 묘사한 『창밖에 하얀 노
을이』라는 작품을 비난하기 시작한다. 반주로 고작 서너 잔
을 마셨을 뿐인데, 어머니를…… 그런 식으로 묘사한 책이
재밌다고요? 저는 도저히 이해할 수 없는데요? 하며 목에
핏대를 세운다. 러시아 소설에서나 보던 장면, 즉 열정과 분
노를 주체하지 못한 주인공이 군중 앞에서 연설을 늘어놓는
장면이 눈앞에 펼쳐지고 있다는 점도 놀랍지만, 친구가 지
금 내 가방 안에 담겨 있는 나의 취향을, 그러니까 방금 전
까지 내가 식탁 건너편에 앉은 그를 향하여 열성적으로 찬
양해 마지않던 나의 취향을 사람들 앞에서 비난한다는 사실
이 더 놀랍다. 물론 곧 끝이 났다. 심드렁하여 보이는 행인
들 속에서 민망해진 그가 한쪽 팔로 나의 목덜미를 장난스
럽게 휘감으며 기대어왔다. 나는 무게를 이기지 못하고 엄
청나게 휘청거릴 수밖에 없다. 그렇게 우리는 비틀거리며
광장을 빠져나왔다. 알지? 알지? 그가 은근한 말투로 알 듯
말 듯한 마음을 주장한다. 그럼 알지…… 조용히 대답하며
나는 조금 말끝을 흐렸고…… 마침 동화처럼 둘의 머리 위

로 눈이 쏟아지기 시작한다.

산 옮기기

당신의 말씀에 따르면 창문 밖의 동산은 아름답지 않습니다 건너편 다른 예쁜 산들을 가린다고 합니다

그 말씀에 따르면 동산은 당신을 등지고 주저앉아 있습니다 밤에 보면 그것이 꼭 웃음을 참는 등 같다고요 만일 사람이었다면 이유를 물었을 테지만

당신 말씀에 따라 땀 뻘뻘 흘리며 산등에 삽을 박는 동안 우리도 동산이 원수처럼 보이는 겁니다 좀 죽어라 이제 사라져라 씩씩거리며 욕하고 침 뱉고 똥도 싸는 겁니다

당신의 말씀대로 한 달에 걸쳐 무너지고 있습니다

당신의 말씀대로 창밖의 빛은 집안을 온전히 비추어줄 것입니다

그리고 몇 년이 지나 이 도시를 생각할 때 동산이 아쉬울 사람? 한여름 흙먼지에 앞니가 까매지는 줄도 모르고 삽질하던 우리들?

아니오 당신 말씀처럼 동산은 한 번도 아름답지 않았습니다 아주 오랜 시간이 흘렀고 혼자 침대에 누워 생각해보아도 다르지 않았습니다

삼십 분

미친 아이가 집 앞에서 말을 걸었다
—나는 저기서 언덕을 밀고 있어요.
그래 나는 호의를 베풀려고 언덕이 얼마나 움직였는지 되
물었다
—어제는 십 분, 오늘은 이십 분을 밀었지요.
뜨거운 여름 정오라서 아지랑이 속 풍경은 흔들리고 있
었다
아이가 계속 잘하고 있었구나
진짜 시간이 흐르고 있겠구나

지붕과 이야기

엄마, 얘기를 꺼내면 사람들이 좋아합니다

자식, 얘기는 잘 모르겠습니다 나는 여기까지 끌려왔으며
다 끌려오고 보니 하늘이 노랗고
많이 숨이 차고
그럼에도 탐스러운 열매 같은 것이 뚝 떨어지기를 바라
는 마음이고요

집, 이야기는 듣는 사람을 자기 사연 말하게 하는 힘이 있
죠 돈이든 추억이든
밤에만 들어와 눈 잠깐 붙이고 다시 일을 나가더라도
집은 나중에 돌아볼 때 아주 긴 시간을 되돌려주는 힘이
있지요

말 나온 김에 일, 이야기 하자면
가난하게 산 것도 넉넉한 것도 아니었는데
생활이라는 문을 괜히 열어도 보고 닫아도 보면서
우리는 행운에 목말랐던 것 같습니다 책상 앞에 앉으면
매일이
익숙하고 떨리는 학예회 같았어요

개와 고양이, 이야기는 대개 귀를 기울이죠
그렇지만 얼마나 미안한지 모릅니다 하나 갔다고 다른 것

을 들이지는 않을 겁니다

　책, 얘기를 꺼내면 그럴 줄 알았다는 반응인데
　그리 사로잡혀 살아온 건 아니었어요 여기 있는 책 다 읽
은 거야? 묻는 사람도 있고
　얘기를 더 해보자 덤비는 사람도 있지만 모두 친구 같아요
　그 친구보다 쓸모없이 산 것 같습니다

　사람도 차도 한적한 소로의 경계석 위에 서서
　유치원 하원 차량 기다리는 저녁이든, 우리집 못 찾는 지
인을 마중나온 주말이든
　대단히 우스운 이야기로 사람 맞이하고 싶은데

　뉴스, 얘기를 꺼내면 다들 좋아합니다
　그렇게 살게 될 분이 아닌데, 그렇게 죽을 애가 아닌데 하
다가
　너도 나도 잘못된 장소에서 태어났다는 결론으로 끝이
나요

　사랑, 이야기는 이미 나눈 것과 마찬가지죠
　잘 모아둔 곡식을 한겨울 깊은 산골에 틀어박혀 파먹는
　우리는 우리를 덮은 지붕과 이야기를 왜 이토록 사랑하
는지

노크

  사람 정말 싫다. 내가 이런 말 하면 나의 다정한 사람은 내가 좋아할 수밖에 없는 이름들 몇 개 들려주거나 그래, 그럴 수 있지, 하고 손잡아준다.

  시험에 든다는 말, 교회에서 자주 듣는 말. 가령 싫고 징그러운 것들 커다란 광주리 안에 하염없이 쏟아놓고 그 속 어딘가에 내가 미치는 물건 몇 개 숨겨두는 신의 기호(嗜好) 같은 것.

  세상 정말 싫다. 이런 말을 하면 나의 다정한 사람은 아까부터 우리만 쳐다보는 강아지에게 가슴줄 걸고 산책을 준비한다. 그리고 줄곧 나를 참아주었다.

  얼마큼 사랑해? 하늘땅만큼, 바다와 우주, 우주에 우주를 더한 것만큼…… 가본 적 없는 곳에 상상도 못한 곳을 덧붙이다보면 감정이 농담 같다.

  손잡고 집에 돌아가는 길이었다. 보도 모퉁이 돌 때마다 수많은 발이 달린, 우글거리는 마음을 몇 개 밟으면서 걷는 중이었다. 나의 다정한 사람의 손바닥이 땀에 젖어 잠시 놓았다.

  사실 나도 세상 사람이 싫어, 가늘어진 사랑의 손가락들이 주머니에 담겨 똑똑 눈물 흘리고 있다.   —

목소리

그 남자는 끔찍이 못나고 볼품없었다 야구공 맞은 찰흙
처럼
인중 부근이 움푹해서 인상이 사납고 멍청해 보였다
수업 첫날, 운동복 차림 그가 땀을 뻘뻘 내며 들어왔다
'늦어서 죄송합니다!'
나는 그의 맑고 또렷한 음성에 놀랐다
등뒤에서 딴 사람이 대신 말하는 것 같았다
그러고는? 실은 그가 시에 비범한 재능이 있었다?
아니 그 못난이는 최악의 솜씨였다
태양을 짊어진 것처럼 앉아서도 땀을 흘렸다
또 젊은 여학생에게 치근댔다
그러고는? 결국 그에게도 쓸 만한 구석이 있었다?
아니 그 못난이는 최악의 인격이었다
그는 남을 무시했다 어떤 의견에도 반대했다
그해 여름 그 못난이 때문에 우리는 수업시간마다 녹초
가 되었다
나중에 만난 적도 없으며 만날 생각도 없다 그런데
목소리만은 잊을 수가 없다 천사같이 맑고 또렷한
한여름 부는 시원한 바람이 우리의 코로, 폐 안으로, 결
국 머릿속으로 들어와 하나의 음성을 만든다면 꼭 그렇겠지
훈풍, 녹풍 따위의 간단한 단어로 형언하기 어려운 것
요즘도 그 목소리는 내 머릿속에서 좋은 이야기를 들려
주고

단상, 아카데미

지금껏 수많은 학생이 저 단상 위에 올랐고, 그곳에 서서 노래를 불렀고, 대개는 붉어진 얼굴로 자기가 왜 탈락했는지도 모르는 채 고개나 갸웃대다 단을 내려왔으니 나는 누군가를 응원할 생각도, 누군가의 잘못된 발성을 지적할 마음도 없이 단지 딱딱한 의자에 불편함을 느끼며 입단 평가가 어서 끝나기만을 기다렸네만, 저 학생의 무대를 두고 기교만 넘친다, 마음 담을 줄 모른다, 만들어진 개성이다, 말하는 자네들을 보니 한마디 거들지 않을 수 없네, 얄궂은 선생들이여. 저 학생이 조심스레 노래를 시작하자 대기석에 앉아 얼굴 붉히며 친구의 실력이 부럽고 또 자랑스러워 어쩔 줄 모르는 동기들 표정을 보지 못했나? 저이 노래가 사람을 모이게 만드는 걸 못 보느냔 말일세. 하얗고 빽빽한 턱수염을 쓸며 노교수가 말을 마치자 단상 위 학생이 운다. 아카데미에서 가르치는 선생이란 숙련된 기능에 박한 법이라며 뒤늦게 젊은 교수 하나가 말을 더했다. 눈물을 닦은 학생이 심사위원석을 향해 고개 숙여 인사한다. 그의 삶이 빛나는 순간이었다. 여기까지 읽은 할머니가 책을 덮고 낮은 목소리로 노래하듯이 되뇐다. 그의 삶이 빛나는 순간이었다. 그의 삶이 빛나는 순간이었다.

3부
딱하다는 생각은 들지 않는다

불과 행운

공원에 다 같이 모이니 좋구나, 힘난다. 누가 놓았는지 모를 모닥불이 타는데. 흙더미에 파묻힌 손목 당겼더니 죽음이 벌떡 일어나 집으로 돌아가듯, 살아서 모이니 좋구나, 가족처럼 흥이 난다. 아무것도 아니어서 즐겁고 불안한 시절 숲속에 버려두고. 길고 넓은 포장도로 건너오며 다 잊으니 좋다, 연말 아스팔트 깨는 드릴처럼 신이 난다. 한밤 모여서 불을 쬐니 좋구나, 같이 먹으니 모처럼 힘난다. 이 기운 어디에 쓸까, 불길 앞에서 궁리할 때 바람이 나무 흔들어주니 좋고. 날리는 훈연에 웃음과 기침이 터진다. 돌아갈 운명인데 돌아갈 생각 안 나니 좋다. 호수에 동전 던져도 금화는 꿈속에 쌓이듯이, 실없이 공원에 모이니 좋구나, 힘난다. 우리 것 아닌 모닥불 꺼져간다. 우리 것 아닌 행운은 좋구나. 기억이 다 같이 착해진다, 좋다.

연기 혹은 유령

대형 마트 에스컬레이터 상행선, 엄마 아빠 사이 한 아이가 양편 힘센 팔에 매달려 자꾸만 자기 발 띄우며 노는 것을 보니 저 가족들 생각에 행복한 사람의 발이란 공중으로 몇십 센티미터 떠 있는 모양이리라 구름에 뜬 기분이란 천국처럼 까마득할 뿐이고 먼지와 불빛에 시달리다 마트 지하 주차장으로 서서히 내려가는 길이 행복하기란 쉽지 않다

마트 앞 식당 야외 테이블에 친구와 둘이 앉아 고기 굽는 중 그가 먼 공사장 쪽을 가리키며 말하길 저기 올라가는 아파트가 내년 자기 가족이 들어갈 곳이라 하는데, 아니 이봐! 주변 사람 챙기다 자기 무덤 판다는 애기나 듣는 친구에게 이런 신통방통한 능력이 있었다니? 놀라고 기뻐서 그런지 평소 역해 잘 넘기지도 못하던 고기가 오늘 자글자글 보기 좋게 익어가네

연기 혹은 유령처럼, 끝없이 피어오르는 기분을 떠올리는 가운데…… 이번달로 애견인 정기 모임도 끝이로구나, 5세 이하 출입금지 애견 카페에 앉은 셋 중 하나의 배가 다 부풀었기 때문이다 아, 정말 시원하다! 우리는 차디찬 커피를 빨대로 들이켜면서 친구의 동그랗고 무거운 배 위에 번갈아 손바닥을 올려보았다

겨울 같은 사람이 빛나는 밤

겨울 같은 사람이
빛나는 밤이 있나

나 건드리기만 해봐
내 새끼 잘못되기만 해봐

칼 같은 마음 칼날부터 쥐고 걷는
겨울 같은 사람이 빛나는 밤길도 있나

더 무서운 밤이 있나
죽은 사람이 손 넣어도 소스라치게 놀라는,

겨우 살아 있는 겨울 같은 사람 심정
외면하는 영혼 앞에 그걸
별처럼 들이미는 어둠이 있나

이 세계에 과연 있나
대답 없는 영혼의 꼬리만 쳐다보다, 뱀처럼 길고
가난한 생각은 슥 눈밭을 기어 떠나가고

십 년 전 이십 년 전 덮여버린 자국이
희미한 골목처럼 희망을 꾀어내는 순간 있나

공포는 깊고 슬픔은 얕아서 도망치는
겨울 같은 사람 빛나는 우주가 있나

검은 생활을 올려다보는 겨울 같은 사람이
빛나는 더 짙은 밤이 남아 있나

미래상가

세상일에서 눈 돌려 노을만 쳐다보기로 마음먹고 세계가
더없이 책처럼 느껴진다는 老작가는 인터뷰 내내 뒷마당 테
이블에 앉아 저녁 하늘만 기다렸다

딱하다는 생각은 들지 않는다

아이가 부모 없이 자라면 나쁜 짓만 한다는 그 말, 지면
에 옮겨도 괜찮은지 묻자 그는 입을 다물었다 그뒤로 엉망
이었다

그는 잠깐잠깐 조는 듯했다
문득 일본어로 중얼대거나(하에… 하라가 탓테…)
물을 가져다달라 몇 번씩 요구하고
기껏 떠온 물을 고양이 사료 그릇 속 엉긴 파리들을 향
해 뿌렸다

나는 자문자답할 수밖에 없다

연재소설에 자기 유학 생활을 그리며 '퓨처숍'을 '미래상
가'로 번역한 이유를 물었다 독자 항의가 거셌다고 말하니
오히려 미소 지었다 그 노인이

말했다 세상일에서 눈 돌려 노을만 쳐다보기로 마음먹고

너 같은 녀석들이 하는 소리 이제 들리지 않는다고

  老작가란 원래 본심을 말하는 법이 없다고
  항상 비유와 유머로 말할 뿐이라고 생각하며 마지막 질
문을 던졌다
  이토록 의욕이 없는데 신문 연재는 왜 시작하셨는지?

  돈?
  창작열?
  노욕?

  엉망으로 쓰인 소설만 읽으면 글이 쓰고 싶어…
  너 같은 녀석들이 쓰는 소설 말이야…

  세상일에서 눈 돌려 노을만 쳐다보기로 마음먹고
  더럽게 못 쓴 남의 소설 찾아 읽는 게 유일한 독서라는 노
인이 그토록 기다리던 저녁 하늘 아래서

  인터뷰어이자 어린 소설가인 나와 함께 老작가가 단 한 번
유쾌하게 웃었던 순간이었다

미래지향

언니가 데려온 의사는 죽은 사람도 살린다 언니를 낳은 부모는 돌도 자식으로 기른다 언니의 깊은 잠을 한 번이라도 훔쳐본 적이 있는가? 그것은 옆에 누운 사람의 머리끄덩이를 휘어잡은 채 그를 파르르 떨리는 언니의 눈까풀 밑으로 끝없이 끝없이 끌고 내려가다가 충분히 깊지 않은 꿈의 깊이에 실망하여, 쥔 것을 문득 놓아버리는 것이다 언니의 변기는 사람도 내린다 언니의 거울은 미래를 비춘다 유곡동 400년 된 회화나무 그늘 밑에서도 언니는 500년 된 사람처럼 냉소하였다 언니는 웃다가 영혼을 흘리는데 주머니는 신경도 쓰지 않는다 언니의 넓디넓은 가슴은 마흔 명도 문제없다 언니 집으로 들어간 누군가가 밖으로 나오는 모습을 본 사람 있는가? 그자가 빈방에 앉아 안절부절못할 때 언니는 자기 가슴 위에 돋은 방이라는 사소한 종기를 짜내는 중이다 십 년 후 언니가 손을 흔들며 공항 검색대를 통과하기 훨씬 전부터 우리의 인연도 끝나 있었다 그리고 언니는 인류가 앞으로 더 나아가야 한다고 생각하지 않는다

얼굴이 온다

　당신 얼굴이, 탁자 위에 펼쳐진 책장 속으로 가라앉고 가라앉다가 코를 골기 전까지, 아니면 당신의 책을 함께 곁눈질하던 내 얼굴이, 아래로 더 아래로 떨어지다가 깜박 잠이 들기 전까지, 무심한 두 얼굴이 조금씩 가까워지는데. 어디서 들은바 한눈팔지 못하는 시간이란 하나같이 지루한 법이래. 그렇지만 지루함을 견딜 수 있는 건 사람이 아니라 짐승뿐이래. 우리의 생각만큼 밤은 아직 어둡지 않은데, 흐릿하고 흐릿해지다가 당신 얼굴이 사라진다면 그건 다 시간 때문이다, 마음의 탓은 아니고. 그러므로 다시 한번. 시간의 무거운 바닥이 턱을 길게 당기고 당기다가 어느 순간 힘에 부쳐 손놓기 전까지, 아니면 길고 길어진 표정이 얼굴을 벗어나기 전까지, 무심한 우리는 검은 구멍이 되어가는데. 사람에게 기회란 적어도 세 번은 있는 법이야. 속삭이던 당신이 나를 깨우지 않는다면, 당신 얼굴이 말을 멈춘다면 그건 다 시간 때문이다. 어디서 읽은바 마음의 탓은 아니고.

사랑이 충만했으나

사랑이 충만했으나
그의 잠은 깊었으며, 막 깨어나 주변을 둘러보았으며,
그는 별빛 아래서 여전히 어리둥절함을 느낀다.

수많은 사람이 편의점 앞에 버린 오물들 쌓여 나무에 열
이 올랐으며,
뿌리가 다 상하도록 아무도 알지 못하였으며, 늦은 오후
에 그는
빛살에 뒤엉킨 구름이 이 세계를 구원할 커다란 발을 내
밀어줄 것만 같다.

밤새 신열 나던 아들이 자리 털고 일어나 어른이 되기까지
그는 창에서 눈을 떼지 못하였으며, 옆방에 누운 아내를
끝내 깨우지 못하였으며,
그는 듣고 싶은 말이 없으므로
마음을 다해 들어야만 하는 이야기도 없다

생각하며, 종일 폭우였으나 죽은 나무에서 쏟아지는 검불
을 밟고 더 나아갔으며,
목마르고 배고팠으나 수많은 진열장을 그저 지나쳤으며,
막 태어나 울음이 터진 자기 아이를 어서 가서 안아주리라
마음먹는다.

그만큼 그의 잠은 멀고도 깊다.   —

우는 얼굴 앞에서도 모든 이에게 시간이란 넘치게 충분한
것이라고 느꼈으며,

끝없는 시간이 모두의 주머니 속에서 지구를 조금씩 조심
스럽게 굴린다고 느꼈으며,

방문 바깥 멀어지는 발소리에 귀를 기울였으며, 사랑이
충만했으나 실은 어둡고 조용한 그의 방을 떠나지 못하였
으며.

좋은 것

군중과 함께 광장에 모여 저녁 감청색 공기를 마실 때
나는 친구를 원한다 친구가 그것을 좋아했으면 좋겠다

졸음을 참고 수도의 서쪽 끝에서 동쪽 끝까지 차를 몰았다
도착했다는 통화에 마음이 흔들려서
친구가 나를 원하면 나도 그것이 좋았으면 좋겠다

너무 아플 때는 몸이 마음을 지켜주지 못했다
이곳은 도시도 집도 인간을 지켜주지 못한다

자기를 도와주던 남자를 사랑하지 않아서 친구가
엄청나게 모욕당했다 공중목욕탕에서 함께 티브이 볼 때
나는 친구를 원한다 늙어서도 친구가 그것을 좋아했으
면 한다

그렇게 늙은 친구가 나를 원할 때
나도 그것이 좋았으면 한다 기운이 바닥나서
나라와 시대의 속도를 내가 따라가지 못할 때도
친구가 나를 원했으면 좋겠다

하루에 대여섯 번 밥을 먹었고 내키는 대로 잠들었다
가난해서 겨우 몸을 지키는 게 다였다

친구가 가진 책을 들추어보는 게 전부였다
남다른 사랑도 없이 군중과 함께 모여서
친구의 미래를 걱정하는 게 전부였다

하지만 너무 아플 때는 그 마음도 지키지 못했다
도시와 집이 나를 지켜주지 않았다
그렇지만 내가 친구를 원하고
친구가 나를 원하는 그 시간에
우리가 그것을 좋아했으면 좋겠다

선양

　여행중 길을 걷다가 쌍둥이처럼 나란히 서 있는 낡은 상가 건물 앞에 멈추었다 건물 간격이 왜 이럴까? 이편 건물에서 창을 열고 팔을 쭉 뻗으면 저편 건물 창문에 손바닥을 찍을 수 있을 것 같다 건물 간격이 왜 이럴까? 생각하면서도 계속 쳐다볼 수밖에 없다 나라마다 법이 다를 수 있어…… 생각하면서도 계속 쳐다볼 수밖에 없다 잘못 들어가면 중간에 딱 끼겠는데? 그러면 말도 안 통하는 이곳에서 누가 나를 도와주겠어…… 생각하면서도 자리를 못 뜨겠다 저긴 아무것도 없어, 온통 쓰레기뿐이다, 누군가 창밖으로 침을 뱉거나 무거운 걸 떨어뜨릴 수도 있다…… 생각하면서도 돌아서지 못한다 그리고 어느 순간부터 조용하고 낮은 목소리로 자신에게 말을 거는 중이다 이러면 마치 건물 앞에 서 있는 두 사람 같다, 이러면 마치 한 사람은 비좁은 틈을 비집고 들어가 값진 물건을 막 집어든 것 같다…… 생각하면서 쌍둥이 낡은 건물 사이로 선양(瀋陽)의 태양이 차츰 떨어지는 모습을 지켜보고 있었다

무스

무스는 좋다
말코손바닥사슴이라고 부르면 더 좋다
자동차로 로키산맥을 지나는 길에 만나면 좋다
조금 무섭지만 서서히 차를 몰면 괜찮다

무스의 뿔은 좋다
머리에 그대로 달려 있어야 보기 좋다
무스를 사냥하지 않고 늙어 죽도록 두는 마음은 좋다
그래서 차도 사람도 피하지 않는 무스는 좋다

산맥을 다 돌아나오도록 좋다
관광을 다 마치고 나니 더 좋다
무스와 사진 찍다가 맡은 냄새도 괜찮다
무스 옆에서 긴장한 내 표정이 좋다

돌아가는 비행기에 앉아도 신난다
무스의 모든 것이 좋다는 생각뿐
엄청난 뿔이 달린 거대한 말코손바닥사슴
조금 무섭지만 움직이는 무스는 좋다

오세요 미야기*

잘 지내고 있다
창문을 열면 바다가 보인다는 것
연중 덥지도 춥지도 않다는 것
아는 사람 없이 잘 지내는 이유가 된다

불운이 열린 창을 타고 들어오려다
턱 위에 그대로 잠들어 있다는 것
말 통하지 않는 이곳에서
내가 조용히 잘 지내는 이유가 된다

아무도 못 깨우는 물결인데 틀림없이
해변으로 무엇 하나 데려온다는 것
작은 것 깨진 것 하도 깎여서 동그란 것
관리 없이도 세계가 무사하다는 것

소의 혀를 구워서 내주는 미야기
사랑을 요구하지 않는 미야기에 관해
길고 긴 편지를 쓰려다 오수에 들었고
정작 어두워지면 뜬눈이 된다는 것

밤이 혼자서 깊어질 수 없다는 것
아무 사연 없는 밤인데 틀림없이
하얀 얼굴 하나 걸어두고 간다는 것

내가 떠나지 않는 이유가 된다

* 일본 미야기현의 비공식 SNS 관광 홍보 계정.

두 사람

많지는 않습니다만 두 사람 모였습니다 당신을 위해
손을 합하면 넷이고 손가락 모으면 스무 개나 되는
우리 두 사람, 이쪽은 광명에서 저쪽은 광주에서
기차 타고 이곳 천안까지 왔습니다 한여름 강의실
학생 둘인데 하나 빠지면 분위기 큰일이다 싶은
수업을 위해 우리 두 사람은 서로를 북돋았습니다
혹시 어제 술 마셨니? 어디 아픈 데는 없고?
차비 모자라면 말해 내가 넉넉히는 못 주고……
걱정했습니다 문득 민망해진 선생님 말씀을 멈추고
친절한 미소를 지으시면 어쩌나, 더위에 지쳐
우리 두 사람 중에 하나 졸기 시작하는데
멀리서 찾아온 게 미안하니 선생님 화도 못 내고
고맙다, 힘들지 멋쩍게 웃기만 하시면 어쩌나
염려했습니다 어제는 부러 일찍 잠들었고 오늘
여기 왔습니다 많지는 않습니다만 당신을 위해
머리칼을 더하면 훌쩍 십만 개도 넘는 우리 두 사람
합친 마음만큼 지불할 돈이 있다면 얼마나 좋아?
생각합니다 무더운 강의실에 앉아 땀흘리며
더할 나위 없이 소중한 시간 노트 위에 흘려 씁니다
선생님이 강의를 그만두는 날까지 우리 두 사람,
둘 중에 하나 빠지면 분위기 큰일이다 싶어서요

가능성

　집터를 둥그렇게 두른 장미 장식 하얗고 낮은 주물 울타리
가 우리 둘을 중요한 사람으로 만든다 죽은 사람 좀 내버려
두라는 주변의 충고가 우리에게 활기를 준다 자기 발로 떠
난 친구를 우리가 어찌할 수는 없겠지 마당 건너편 공터에
주택이 새로 올라가고, 자기 발로 들어올 선량한 이웃을 어
찌할 수는 없는 것이다 겨울이 따뜻해서 날벌레가 많다 멍
청하게 서 있는 나의 입속으로 날벌레가 자꾸 들어온다 바
람에 실려오는 공사장의 먼지를 바라보며 살아 있는 당신을
더욱 소중히 여기리라, 결심한다 우리 둘에게 큰일은 일어
나지 않는다 그리고 선뜻 말하기 어려운 것 나는 이 모든 우
연이 지긋지긋하였다

4부

하나의 문장이 하나의 이야기가 된다는 것

정원은 결심했다

'나는 마루 한가운데 박힌 커다란 못이었다' 정원은 결심
했다

정원이 자랄수록 못의 깊이는 차츰 깊어졌고
정원의 부모는 이미 노쇠하여 풀 한 포기 뽑을 수 없었고
이를 어째, 이 불편한 것을, 하고 주저앉아 솟은 못대가리
만 어루만졌다

'나는 잠들지도 먹지도 않는다' 정원은 결심했다

그러니 정원은 곧 죽을 수밖에
마루에 못박힌 채 남을 수밖에 없었고
멀리 가더라도 어둡기 전에 집으로 돌아올 수밖에 없었다

'정원은 거짓말 못하는 착한 아이다, 자기 사망을 감출
리 없다'
정원은 결심했다 '아침저녁 아버지 손을 잡아줄 사람은
나다
새벽에 화장실 찾는 어머니를 부축할 사람은 나뿐이다'

어느 날 라디오에서
'노인들은 지난 시대와 결별하기 어렵다'는 말이 흐를 것
이라고,

어둠 속에 비스듬히 서서 결심했으나
정원은 불 꺼진 마루 한가운데 박힌 채
부모 곁에서 무한히 깊어지는 못이었다

하나의 문장이 하나의 이야기가 된다는 것

오래전에 죽은 할머니가 어디 산책하고 돌아온 것처럼 현관문 열고 들어올 때 죽도록 소리를 지를지 그녀를 안아줄지는 오로지 당신의 선택

더 오래전에 죽은 할아버지 위독하니 무슨 병원 찾아가 손한번 잡아주라 그녀가 조심스레 부탁할 때
하나의 문장이 하나의 이야기가 될 수 있다는 것을 떠올릴지
이 불길한 시간이 어서 지나가기만을 바랄지는 또 당신의 선택

사람 같지도 않은 사람에게 쏟을 시간과 정성 다 모아
착한 척이라도 하며 살다 죽은 영혼 앞에 한 다발 꽃으로 엮어 가져갈 때
당신은 세계가 여전히 잘 돌아가고 있다고 느낄지 아니면
이 세계가 선한 사람을 나약한 사람으로 하나둘 대체하고 있다고 느낄지

나쁜 아버지가 죽고 나쁜 어머니도 죽었는데 그들이 내 강아지 짖는 문밖에 저녁으로 돌아올 때, 현관문 열고 나가서 멀어지는 자동차 엔진소리를 확인할지 블라인드 내리고 숨죽일지는 당신의 선택

자식도 없으면서 자식 잃은 부모 마음 운운하는 친구는
너무 시끄럽고
무릎병 걸린 과실수에서 성한 열매 골라내는 이웃은 너무
평화롭다 느끼는 당신에게
오늘 하루 잘 견딘 선물로 술 한 병을 줄지 조용한 문장 하
나를 줄지도 역시 스스로의 선택

그러다 화구 속에서나 뜨거워 잠에서 깰지 아니면 사는 동
안 무슨 이야기라도 될지
하여튼 할머니 할아버지는 있던 데로 돌아갔고
바람 부는 거리로 나온 당신이 과연 어떤 영혼을 눈 비비
게 만드는 먼지가 되느냐

첫 소설

너라도 살았으니 다행 아니니?
이십 년 전에 쓴 소설이 이렇게 시작하더라고요.

착한 사람을 왜 그리 나쁘게 썼는지 몰라요.
할머니도 그때는 정정했는데…… 소설에서 죽었고
할아버지 정신도 멀쩡했는데…… 미친 채 병원에 갇혔으며
사실 어머니가 그렇게 나쁜 사람이 아닌데…… 내가 그를 세상 비열하게 그렸더라고요. 사랑이 없었는지 아니면 시간이 촉박했는지도.

고작 스무 살이 바쁘면 얼마나 바빴냐 따지신다면 난 입을 다물 수밖에.
반면 늙어가는 당신은 시간이 남아도나요?
적어도 이 이야기를 들을 만큼은 사랑이 남아 있나요?

좋겠어요, 정말…… 집도 시간도 있으니.
건강한 자식에게 보살핌 받는 삶이야말로 모두의 꿈이니까요.
그렇다면 당신은 집도 시간도 있는데, 다 큰 자식까지 있군요?
생활비 아들딸이 내주고 오전 등산을 나서는 당신만큼은 아니지만……

이십 년 전 쓴 소설에 착한 사람도 있답니다.

행복과 거리가 먼 사람을 왜 그리 썼는지 몰라요.
내 친구 건희는 부모랑 한집 사는 탓에 지금껏 결혼도 못
했는데……
내 사촌동생 요한이는 말도 더듬고
게다가 나는, 나는…… 마흔이 훌쩍 넘었는데
면접 순서를 기다리며 공상에 빠져 있는 중이죠.

나는 긴장을 풀어야 해요.

소설 속 건희는 애가 셋이고, 요한이는 달변에, 나는 젊고
전도유망한 소설가랍니다.
우리가 그렇게 행복한 사람이 아닌데…… 그때 관심이 없
었는지 아니면 시간이 촉박했는지, 이십 년이나 지났으니
알 수 없는 일이죠.

너라도 살아 있으니 다행 아니니? 하여튼
제가 처음 쓴 소설은 이렇게 끝이 난답니다.

포스터

지금 이곳만 아니라면 세상 어디 살아도 행복하겠다는
생각으로 포스터 앞을 떠나지 못하는 것이 아니다

여름날이었다 볕이 드는 거실에 되는대로 앉아 있는데 어
린 동생이 들어와 그대로 드러눕더니 비눗방울을 불어달라
고 한다 어린 녀석이라 어쩔 수 없나 생각하면서 나는 소파
에 올라 동생 얼굴 위로 비눗방울을 분다 기왕 하는 거 제대
로 하자는 마음에 작은 방울을 냈다가 큰 방울 냈다가 다시
작은 방울 큰 방울…… 동생은 호강한다는 표정으로 이런
건 정말 처음 본다고 말한다 거짓말, 비눗방울을? 아니, 누
워서 보는 비눗방울 말이야 터지는 비눗방울을 멍청하게 쳐
다보면서 딴생각하는 거 말이야

하지만 나는 동생이 없다 오래전 그가 포스터에 홀려 집
을 나갔고 어디 외국 복잡하게 정돈된 도시에서 살다 조용
히 늙어 죽었다고 생각한다

네가 말해주는

네가 말해주는 친구 아버지의 죽음은 슬펐다
네가 말해주는 고양이, 개, 나무의 죽음은 슬펐다
슬픔을 소개받는 것 같다 그리고 절대로
너는 영혼 같은 건 세상에 없다고 말한다
죽으면 다 끝이고 남는 건 아무것도 없고
내가 죽은 다음에 꼭 보고 말겠다는 일억 년 전 지구도
공룡도, 죽은 자가 돌아오는 집과 공원 같은 것도 없다
고 말한다
죽으면 다 끝이고 다시 만날 일 없다고 말하는 네가
나보다는 꼭 먼저 죽고 싶다고 말한다

그림이 된다

늙은 고양이는 종일 창밖에 앉아 있곤 했다
나는 그런 그림에 어떤 설명을 덧붙이고 싶어한다
이를테면 고양이 대신 이야기하기
'오늘 날씨가 흐려'
'저기 울타리 칠이 벗겨졌어, 불길해'
'어제보다 마당이 깨끗해 보이네'
내가 더 똑똑한 사람이면 얼마나 좋을까…… 생각중인
데 고양이가 다가와 창에 코를 댄다 그리고 이런 말을 들
은 것 같다
'너는 아무 잘못이 없어'
나는 십 년 전 그날을 똑똑히 기억한다 아내를 졸라 비싸
게 사 온 황금측백나무 두 그루가 말라죽어가던 여름날이
었다 고양이는 말없이 일 년을 더 살다가 마당에서 죽었다

아이의 빛

어제는 종일 빛 생각뿐이었다. 이제 마흔인데 그렇게 살면 어떡해? 아니, 마음은 안 그런데 자꾸 말이 나쁘게 나와…… 이야기를 끊고 고개를 숙이는 빛의 마음을 나도 모르는 것은 아니다.

빛은 식물을 키우고 빛은 멸균하고 빛은 모서리가 뭉개진 작은 택배 상자를 현관 앞에 두고 돌아섰다. 빛은…… 얼마든지 더 입을 다물 수 있다. 하루는 창문 안으로 들이쳤고 빛은 더는 참을 수가 없었던 것이다, 내가 빛 앞에서 종일 빛 생각뿐이라는 사실을.

빛이 웃는다. 빛이 아이를 뛰게 한다. 빛은 흉한 이야기 속에서도 잃을 것이 없다. 빛은 나의 얼굴과 사랑을 변화시킨다. 땀에 흠뻑 젖어 집으로 돌아온 내 아이는 방금 망원동 사거리에서 빛이 자기 손을 힘껏 잡아 큰 차에 태우려 했다 말하면서도,

아직도 빛은 사랑이어요, 그렇다고 우리가 빛의 손길을 거부해서는 안 되는 것이죠, 빛은…… 아이는 차라리 자기를 욕하라는 표정으로 빛이 희미해지는 창문 앞에서 도무지 비키지를 않았다. 끝까지 고개 숙이지 않는 아이의 마음을 나도 모르는 것은 아니다.

바다 보기

나는 죽어가는 사람으로서 바다를 바라본다 지금껏 죽음
을 선택하지 않은 사람으로서
절벽에 서서 바다를 보기로 결심한 사람 그리하여

산으로 빠지는 길 집으로 돌아가는 길 다 지나친 사람으
로서 바다를 바라본다 겁쟁이로 살다가 겁쟁이로 죽어가는
사람으로서 평생 다른 겁쟁이를 증오한 사람으로서 바다를
바라본다

가령 여기까지 오는 길 지갑을 주웠는데 정말 아무도 없
었는데 가슴이 덜컥 내려앉았다 착하게 살기로 마음먹은 사
람으로서 여기까지 도달한 수고와 노력이 아까워 계속 가보
기로 결정한 사람으로서

바다를 바라본다 무슨 일이 있어도 폭력은 안 돼 살인은
절대로 안 돼 그리고 우체통에 지갑을 넣어야 한다는 조바
심에 정작 바다에 집중하지 못하는 사람으로서

지금껏 그렇게 살았으며 그렇게 죽어가는 사람으로서 바
다를 바라본다 바다 앞에 멈추어 있는 사람 거기 잠시 멈추
어서 자기 마음을 감추지 않으면 사랑도 건강도 곧 잃어버
리는 사람으로서

늦잠 때문에 친구를 잃었고 바빠서 사랑에 실패한 사람으로서 바다를 바라본다 가령 사람은 어차피 혼자라는 생각이 편했다 누구나 변한다는 생각이 편했는데 그리 편하게 살아오지 못한 사람으로서

  바다를 바라본다 벌써 내려갈 일을 염려하는 사람 하지만 어떻게든 시간을 내서 바다에 왔고 나는 죽어가는 사람이라는 생각에 빠져 있는 사람으로서 바다를 바라본다

시끄러운 사람

한 계절쯤 입다물고 살고 싶다
말을 안 해? 마음대로 해, 대신 밥 달라는 말도 하지 마!
어릴 때는 화를 침묵으로 표현하면 혼이 났지만, 어차피
말을 참을 만큼 속깊은 애가 아니었다

다 커서도 비슷해,
사랑하는 사람 앞에서 나는 입부터 벌어지고

요즘으로 말하자면 아내 손이 어깨에 닿을 때
말이 마구 쏟아진다 당신이 만지기 전까지 아무 일 없었
는데, 나는 나의 재미없는 속과 시간의 밑바닥을 긁어 이야
기를 짓는다

나이 먹으니 말 좀 그만하고 살고 싶다 그렇지만 나는 나
라도 붙잡고 아무 말이나 걸어보는 시끄러운 사람이고
그래서 조용한 친구를 만나면
그가 할말을 참는 것 같아 혼자서 괜히 전전긍긍인데

내가 나를 알면서도
내가 나를 알면서도
한 계절 어디 숨어 왕래도 전화도 끊고 싶다 그렇지만 곧
나의 재미없는 속과 시간에 갇혀서, 저기…… 하고 혼자 지
어낸 소리에 귀를 기울인다

너 없이 한 계절만, 당신 없이 한 계절만…… 시끄러운 메
아리 속에서
사랑도 말도 없이 살고 있는 나를 떠올리다가

내가 잘 모르는 강아지

내가 잘 모르는 강아지는
집안 차가운 돌바닥에 배를 깔고 누워 책을 읽는다
노트를 펼치고 멋진 생각을 꼼꼼히 적는다

내가 모르는 강아지는
아주 사소한 질병도 앓지 않았다
하지만 그걸 특별한 행운이라 여긴 적이 없고
탈 없는 지난 십 년처럼 앞으로도 그러리라 믿고 있다

내가 만난 적 없는 강아지는
나를 길에서 만나도 전혀 행복할 리 없다
나 역시 다짜고짜 고백할 수도 없다

내가 떠올려보지 못한 강아지는 봄날
어느 행복한 영혼이 꽃과 햇살을 경쾌하게 지나치듯
나에게 눈인사하고 갈 길을 갔으며
뒤돌아볼 생각 같은 건 하지도 못했다

내가 알 수 없는 강아지의 봄날
그는 끝없이 손 내미는 사람에 관하여 곰곰이 생각해보
았다
강아지를 강아지로 만드는 것은 예민한 코가 아니라고 생
각해보았다

내가 잘 모르는 강아지는
그가 지나쳐버린 봄날에서 계속 멀어졌다
어쩌다 머리 꼭대기에 떨어져 말라가는 배롱나무 꽃잎도
모르고

언젠가 적어둔 멋진 생각이 되기까지
언젠가 지팡이 짚고 서야 할 노견이 되기까지
내가 잘 모르는 내 강아지는 돌아오지 않고 있었다

오래전 사진

　이상한 것을 말하지 않으면 안심이 안 돼요. 이상한 것을 선물하지 못하면 죄짓는 것 같아요. 이상한 것을 원한 적은 없는데, 누가 나더러 가지라는 이상한 건 죄다 버렸는데, 아까 나오는 길 노트에 이상한 거 적어두지 못해 헛산 것 같아요. 친구가 하는 사랑이 이상하지 않아서 좋아요. 친구 애인이 사 온 이만원짜리 꽃 한 송이가 예쁘고, 그걸 자기 식당 프런트에 올려둔 친구 마음 더 예쁘고. 나라고 꽃 받고 싶은 생각이 없는 게 아닌데 나는 꽃집 앞에서 죽어가는 꽃, 아니면 내 형편에 사지도 못할 것만 쳐다봅니다. 당신이 이상한 사람 아니라서 기뻤어요. 이상한 사람 두면 힘 빠지는 일뿐이죠. 간판이 무너지는 거리를 코가 비뚤어진 사람들과 걷는데 이상하지 않은 당신과 만나 즐거웠어요. 이상하게 죽기 싫어요, 당신 없이 이상하게 살기도 싫어요. 그렇지만 오래된 당신을 보고 이상한 거 떠올리지 못하면 안달이 납니다.

비밀의 숲*

옛날 옛적에
어린 아들이
하루는 너무 울기에 어디든 좀 나가 있으라 했는데
숲으로 가버렸고 그걸로 끝이었다는 이야기

숲에 다녀오면 어김없이 숲 얘기 해주던 어린 아들이
그길로 아주 사라졌다는 이야기

십 년 후 아버지는 뱀을 쫓다가 통나무 더미 틈에서 아들을
찾았는데
글쎄 아기를 찾긴 찾았는데……

그래서요? 어떻게 되었는데요?
묻는 나의 아들을 바라보며 말했다
눈 비비는 아이를 바라보며 말했다
울지 마, 궁금해하지 마, 세상에 그런 숲은 없으니

지금부터 편히 자거라, 아무도 못 나가게
깊은 강을 가로질러 숲으로 이어지는 다리를 아빠가 다 태
워버렸단다

* 캐서린 패터슨, 『비밀의 숲 테라비시아』(김영선 옮김, 사파리, 2012)
에서.

발문

작은 집으로, 작은 집에서
유희경(시인)

"우리들의 지난 고독들의 모든 공간들은, 우리들이 고독을 괴로워하고 고독을 즐기고 고독을 바라고 고독을 위태롭게 했던 그 공간들은, 우리 내부에서 지워지지 않는 법이다."

—가스통 바슐라르*

다만 이야기, 이야기가 남았네

이야기는 가치판단의 대상이 되지 못한다. 실체가 없으니 준거를 마련할 수 없고 준거가 없으니 판단할 수 없다. 그러니 '좋은' 이야기, '나쁜' 이야기가 따로 있을 수가. 설령 그런 것이 있다 한들 그 둘을 어떻게 비교할 것인가.

이야기는 이야기이다. 이야기는 이야기일 '뿐'이며, 어쩌면 이야기 스스로 그러하기를 원하는 것인지도 모른다. 이야기 그 자체에 대해서 어떻게 '이야기'할 수 있겠는지. 입을 떼거나 펜을 들어 적으려 들면 그것은 미끄러져버린다. 뚝 떨어지고 바짝 치솟아버린다. 그러면 입을 떼거나 펜을 들었던 이는, 지금의 나처럼, 어리둥절해졌다가 마침내 이야기에 대해 아는 것이 없다는 것을 자인하게 된다.

오직 은유와 환유를 통해서만 제 몸을 드러내는 이야기는 시작하거나 끝나지 않는다. 이야기는 교훈을 남기지 않는

---

* 가스통 바슐라르, 『공간의 시학』, 곽광수 옮김, 동문선, 2003, 85쪽.

다. 이야기는 감동을 주지 않는다. 목적과 의도는 이야기의 것이 아니다. 이야기를 옮기려는 사람, 말하거나 쓰는, 듣거나 읽는 사람의 것이다. 이야기에 대해 아무것도 모르는 나는 이야기의 그 같은 면모를 추종하고 친애한다. 가까워질 수도 멀어질 수도 없는 이야기. 애초에 누구의 것도 될 수 없는 공평하기만 한 이야기. 그러니 어떻게 이 시집, 『우리 둘에게 큰일은 일어나지 않는다』를 가득 채우고 있는 김상혁의 시에 무감할 수 있겠는가.

그렇다. 김상혁의 시는 이야기이다. 김상혁의 시뿐 아니라 모든 시는 이야기이다. 이 당연한 사실을 모르는 사람이 어쩌나 많은지 조그마한 시집서점을 운영하고 있는 나는 하루에도 몇 번씩 서점을 찾은 독자들에게 이를 강조한다. 어째서 시가 이야기인가요, 하는 반문을 맞닥뜨린 적은 아직 없다. 대개 고개를 끄덕인다. 간혹 반문하고 싶은 이도 있겠지. 하지만 확신 가득한 나의 기세에 우물쭈물하다 질문을 포기하는 모양이다. 만약 눈치 없는 누군가가 나에게 질문을 한다면, 그러니까 시가 이야기라는 사실을 납득하지 못한다면 나는 대답 대신 김상혁의 시집들을 꺼내어 그의 손에 쥐여줄 것이다. 그는 분명 시를 읽기 시작할 것이나, 읽고 나면 남는 것은 마음을 사로잡는, 울리고 웃기는, 다음 그다음을 기대하게 만드는, 이해를 배신하고 기대를 전복하는, 우리가 알고 있는 바로 그 '이야기'라는 사실을 깨닫게 될 것이다. 김상혁의 시집 제목을 차용하면, 그러니까 "다

— 만 이야기가" 남는 것이다.

그래서 어떻게 되었어

　모든 것에 앞서, 처음 '듣게 된' 그날부터 지금에 이르기까지, 무엇보다 이 시집을 읽기 시작하면서부터 이 글을 쓰고 있는 지금까지, 반복해서 떠올리는 이야기를 들려주겠다. 이 이야기는 목소리이며, 장면이고, 체험이다. 나는 그것을 듣고 보고 겪는다. 그러나 나와는 아주 무관한 것이고 앞으로도 그럴 것인 그 이야기는 어째서인지 불쑥, 때없이 떠오른다. 밥을 먹을 때에도 곤한 몸을 눕히고 이불을 덮고 잠에 들 채비를 마친 참에도, 샤워기에서 쏟아지는 물을 맞으며 비누를 집기 위해 팔을 뻗을 때에도. 그 이야기를 떠올릴 때마다 어김없이 웃는다. 그 웃음은 가당찮은 것과 직면할 때의 피식거림일 때도 있고 느닷없는 박장대소일 때도 있으며, 봄볕 아래 솜털처럼 간질거리는 미소일 때도 있다. 더러 그것은 나를 서글프게 만든다. 이야기를 떠올린 동시에 콧잔등이 시큰해지고 눈매가 얼얼해지다가 당장이라도 눈물방울을 떨어뜨릴 것만 같다. 그러곤 이야기는 불현듯 찾아온 것처럼 간곳없이 사라져버리고 나의 감정 또한 잔잔해진다. 언제 그런 상기가 있었냐는 듯.

—

이야기 속 아이는 공을 하나 가지고 있다. 공은 던지거나 차는 물건임을 알려준 것은 아이의 부모다. 아이의 아버지는 이따금 아이와 축구를 했다. 아버지에게서 드리블과 슈팅을, 골대와 기본적인 규칙을 배운 아이는 그런 아버지와의 축구를 즐겼다. 커다란 덩치의 아버지를 순식간에 제쳐낼 수 있었고, 아버지의 골대에 벼락 같은 슈팅을 날릴 수가 있었다. 아이가 자신의 '천부적 재능'을 만끽하는 동안, 두 사람 간 스코어 차는 기하급수적으로 벌어졌으리라. 가상의 그라운드 위를 사정없이 나뒹굴어야 했던 아버지의 입장에서는 억울할 수도 있겠으나, 그런 것은 중요하지 않다. 아이는 자신의 재능에 한 치의 의심도 없게 되었다. 그래서 어느 날 축구 교실에 입학하겠노라 선언한다. 의기양양하게. 그러느라, 자신의 부모가 서로의 눈치를 살피는 것은 미처 알아차리지 못했다. 그 순간 부모의 당혹스러움 역시 중요하지 않다. 아이는 축구 교실에 입학하게 되었다. 아이의 근사한 유니폼이나, 번뜩이는 축구화를 나는 보지 못하였다. 하지만 본 것만 같다. 아니 입어보고 신어본 것만 같다. 아니 그것은 가정이 아니라 사실이다. 오래전 어느 날 나의 유니폼과 축구화에 대해서는, 그러나 언급하지 않는 게 좋겠다. 멋진 유니폼과 축구화를 신은 아이는 뜻대로 되지 않는 축구를 처음으로 경험했다. 그런 날이 늘어간다. 아이는 이따금 화를 내었다. 그러느라 자신의 부모가 서로의 눈치를 살피는 것은 여전히 알아차리지 못했으리라.

모든 이야기에 있는 바로 '그날'이 되었다. 녹색 피치 위에는 어린 선수들이 모여 있었다. "더 많이 넣고, 더 많이 막으면 이기는 거야." 한두 살 형뻘 어린 선수가 아이에게 말했다. "어차피 너는 잘 못하니까, 가만히 있어." 아이의 분노는 극에 달했다. '누구도 나에게 이렇게 말할 수 없어.' 그렇게 생각했다. 그리고 결심했다. 자신이 할 수 있는 일을 하기로. 자신의 축구를 보여주기로. 호루라기 소리와 함께 경기가 시작되었고 단단히 각오한 아이 앞에 공이 왔다. 아이는 공을 몰고 달리기 시작했다. 아무도 그를 막을 수가 없었다. 자기편 진영으로 돌진했기 때문이다. 맥락을 놓친 독자들처럼 우두커니 서 있는 선수들을 지나 바람을 가르며. 아무도 아이를 막을 수 없지. 나는 신이 났고 내 두 귀로 바람소리를 듣는 것만 같았다. 아니 실제로 들었다.

　이 이야기를 해준 사람은 시인 김상혁이며, 이 이야기의 아이는 그의 아들이다. 그래서, 그래서 어떻게 되었어? 겨울이 끝나가던 유독 볕이 환한 날이었다. 우리는 그늘 하나 없이 두툼한 플라타너스 가까이에 있었다. 대체 어디 숨어 있었는지 알 수 없는 철 지난 낙엽이 구르는 장면을 지나 요란한 사이렌을 울리며 달리던 구급차가 저쪽으로 사라져갔다. 그래서 어떻게 되었는지, 이 이야기가 김상혁의 시집과 어떤 관계가 있는지 밝히는 것은 조금 뒤로 미루자.

전력을 다해 굴러가는 이야기 속에 말이야

우리는 이야기 속에 있다. 이야기에서 만나고 인사하고
대화를 나누고 이따금 밥을 먹거나 차를 마시고 헤어진다.
헤어진 다음 책상에 앉아서, 운전을 하면서 각자의 손에 쥔
이야기를 생각한다. 그것의 무게나 질감, 색이나 길이 따위
를 재어보듯. 그러나 이야기에는 그런 것이 없다. 이야기 속
에는 '다만' 이야기가. 그것이 이야기의 속성이며, 본령이고
어쩌면 전부이다. 그러므로 하나의 이야기는 다른 이야기에
관여하지 않는다. 우리가 각자의 이야기를 더듬고 있는 동
안, 인근 편의점에는 파트타임 직원과 복권을 사려는 중년
남자의 이야기가 만들어졌다가 사라지고, 한국에서 미국으
로 가는 배 안에는 한국의 친구가 미국의 친구에게 보내는
이야기가 실려 있을 것이며, 화장실에선 전력을 다하는 누
군가의 이야기가 생겨나고 있을 것이다. 방금 나는 비눗방
울을 상상했다. 바로 그런 모양이다. 하나의 숨결에 의해 파
르르 날아오르는 셀 수 없이 많은 거품들. 그것이 모두 이야
기이다. 그중 하나를 골라 살펴보는 것에 무슨 의미가 있겠
어. 그것들은 크기만 다를 뿐 하나같이 날아오르며 빛에 따
라 오색의 몸을 선보이고, 둥글게 세상을 담았다가 결국은
터져버리는걸. 존재했다 사라져버린 것들이 무용하다는 뜻
은 아니다. 비눗방울 하나하나에 대한 천착 또한 나름의 의
미가 있을 것이다. 어떤 연구는 그중 가장 선명한 것을 포착

하고 해석하는 데에 전력을 다할지도 모른다. 하지만 그것
은 나의 일이 아니다. 내가 궁금한 것은, 지금 그 비눗방울
을 보고 박수를 치는 자는 누구인가. 비눗방울 볼록한 면면
에 비치고 반사되는 이들은 누구인가. 그들은 어떤 방식으
로 일그러지거나 부풀어오르는가. 무엇보다 대체 그것은 누
구의 숨으로 만들어지는가, 하는 것이다.

　　나는 소파에 올라 동생 얼굴 위로 비눗방울을 분다 기
　　왕 하는 거 제대로 하자는 마음에 작은 방울을 냈다가 큰
　　방울 냈다가 다시 작은 방울 큰 방울…… 동생은 호강한
　　다는 표정으로 이런 건 정말 처음 본다고 말한다 거짓말,
　　비눗방울을? 아니, 누워서 보는 비눗방울 말이야 터지는
　　비눗방울을 멍청하게 쳐다보면서 딴생각하는 거 말이야
　　　　　　　　　　　　　　　　　　　　—「포스터」부분

'나'와 '나' 사이, 유령의 중얼거림이 없다면

　　모든 이야기에는 '나'가 있다. 이야기의 안팎에서 '나'는 활
약한다. 갖은 위기에 봉착하고 그것을 나름의 방식으로 해결
해나가는 것도, 그래서 어떻게 되었어, 묻고 또 물으며 이야
기를 읽어나가는 것도 '나'이다. 그 두 존재는 "처음엔 전혀
다른 사람이었다가 곧 너무나/ 똑같은 사람이 되었다가 다시

오랫동안 조금씩/ 서로 다른 사람이 된다"(「소설(小雪)」).
김상혁의 이야기에도 '나'들은 존재한다. 우선 이야기 속의
'나'를 생각해본다. 이야기 바깥의 '나'와 상응해야 하니까.
서로의 빈손을 확인하기 위해 악수하는 이들처럼 '나'의 정
체를 시인 김상혁과 포개어놓고 탐색을 시작한다. 그런데,
김상혁에게 동생이 있었던가. 확인해보고 싶어 휴대전화를
집었다가 내려놓은 게 여러 번이다. 그러다 문득 깨닫게 되
었다. 나는 이야기의 함정에 빠져버린 것이다. 그게 대체 무
슨 상관이란 말인가. 적힌 대로 그의 동생이 정말로 "삼십
년 전" "부모 흔들어 깨우다 지쳐" "현관문 열고 사라"(「동
생 동물 1」)졌는지, "병상에 누워 숨 헐떡이"면서도 "죽음
이 두렵지 않다"(「엄마의 독」)고 허세를 부렸는지 확인해야
할 까닭이 없었다. 어떤 이들은 시의 진정성을 현실과의 밀
착으로부터 찾는다. 시인과 시인의 삶은 그의 시와 온전히
포개어져야 하며 그로부터 시의 가치가 발생한다고 믿는다.
언어가 실제와 일대일로 묶여 있지 않다는 지극히 자명한
사실만 인지하더라도 쉽사리 무너질 허망한 믿음이다. 시는
이야기이고, 이야기 속에서는 무슨 일이든 일어나며, 이야
기 속 동생은 이야기의 것이다. 이야기 속의 인물들은 오직
이야기를 위해 복무한다.
　오히려, 이 시집의 모든 인물들은 현실과 완전히 불일치
한다. 김상혁 시가 이야기 구조를 적극적으로 차용하는 까
닭은, 아니 아예 이야기 속으로 들어가 시를 시작하는 까닭

은 여기와 거기 사이의 단절, 비틀어버림을 통한 알레고리를 발생시키기 위해서이다. 잃어버린 '동생', 장난기 가득한 '유령', 어깨에 올라탄 '귀신', 어디에도 없는 '친구', 장난만 치는 '선생', 개나 고양이 같은 동물들뿐 아니라 '어머니' '아버지'와 같은 '나'의 존재적 근원, 그와 함께 행복한 아내와 아이까지, 시집 속 가득한 인물들은 이야기 안에서 완전한 대명사로 존재한다. 그것은 동생이 빠져나간 '열린 현관문'이다. 그 문으로 누구나 들어올 수 있다. 이를테면 이야기의 '나'는 시인인가. 어쩌면 이 시를 읽고 있는 '나'는 아닌가. 그러자니 나는 하나뿐인 동생'들'을 잃고 잃고 또 잃게 되었으며 마침내 나는 "집을 나"가 "어디 외국 복잡하게 정돈된 도시에서 살"(「포스터」)고 있는 동생이 되어버린다. 시인이 설계한 대로 나는 이야기를 타고 들어가 시 속에 산다. 서사적 구조를 은유적 체계로 활용하는 마법 같은 일이 그의 시에선 아무렇지 않게 일어난다. 여기서 다음으로 다음으로 시행되는 무수한 변신. 그것이 김상혁의 시가 독자를 끌어당기는 힘이다. 이야기에선 무슨 일이든 가능하며 "이야기는 듣는 사람을 자기 사연 말하게 하는 힘이 있"(「지붕과 이야기」)기 때문이다. 그러므로 시인이 나에게 "한때 나의 아이는 너였다"(「춘분」)고 말한다 한들 놀랄 이유는 전혀 없다. 그저 나는 누워서 "호강한다는 표정으로" 중구난방 터져버리는 이야기들을 감상하고 있다. 개개별별 비눗방울들이 하나같이 지구처럼 동그랗고 그 안에는 온갖 장면이 생겨났다 사라지기를 반복하는 위태로운 세계. 무엇으로도 정립되지 않는 감각의 체계. 기필코 무언가는 사라져버리고, 그다음에는 버려지듯 남은 사람이 바라보고 있는 어딘가. 그러나 그것들은 분명 "훨씬 밝고 더 나은 곳"(「놀라운 자연 1」)이다.

> 그래서 대체 하려는 말이 뭐야? 당장 창을 열어
> 새, 고양이, 행인과 함께 겨울을 걸으라는 거야?
> 아니요, 이토록 아름다운 당신조차 창밖에서라면
> 다른 창으로 달려가 구걸을 시작할 것이에요
> 아니면 놀라울 만큼 멀리까지 보이는 또다른
> 귀엽고 통통한 볼을 보려고 멈춘 우리처럼,
> 이 밤처럼 추운 길을 정처 없이 헤매야 한답니다
> 말이 나왔으니 창밖의 인간이란 겨울의 바닥이며
> 눈밭을 더럽히는 냄새나는 구멍일 뿐이죠,
>   —「유리 인간」 부분

"훨씬 밝고 더 나은 곳". 그곳은 타오르는 불이 지키고 있는 곳. "젊고 뜨거운 추억이 빚어낸 붉은 열매 과목들이 있"(「두고 온 사람」)는 성이며, 돌아오지 않는(않을) 이들의 세계. 시 속의 '나'와 형식상 병치/대치되는 모든 대명사들은 그쪽으로 떠나려 하거나 떠났다(떠나지 않는 것은 되비친 '나'와 다름없다). 시 속의 '나'는 그 바깥에 있다. 밖에

서 그곳을 바라본다. 그리로 가지 못했다는 것이다. 그리로, 가지 않았는지도 모른다. 시/이야기 속 '나'는 진술과 묘사를 통해 그 세계를 짚을 뿐 그들을 잡아채지 않는다. 그럴 필요가 없지. 이야기에선 어떤 일이든 가능하고 무슨 일이든 벌어지며 수습해야 할 것은 아무것도 없다. 그저 그들이 "원하면 나도 그것이 좋았으면 좋겠다"(「좋은 것」) 바랄밖에. "가본 적 없는 곳에 상상도 못 한" 세계에 "농담" 같은 "감정"(「노크」)을 덧붙여가면서.

이야기 바깥의 '나'와 이야기 속의 '나' 사이에도 경계가 놓여 있다. 그것은 투명하기에 창문이다. 창문은, '나'에게 '나'를 소개한다. 창문을 통해 '나'는 '나'를 탐색한다. 거기에 있음을 또 여기에 없음을 재차 확인한다. 한편 그 투명한 창문은 거울이기도 하다. 내다보이는 건너의 '나'와 여기의 '나'가 포개져 어려 있다. 창문을 통해 내다보이는 또렷한 '나'와 창문에 반사되어 보이는 흐릿한 '나'는 하나의 상(想) 어디에도 속해 있지 않으므로 그것은 유령이다. 창문 위의 모습은 모두 '유령 이미지'이다. 부재함으로써 현존하는 모순의 존재인 '유령'은 무섭고 슬픈 방식으로 현현한다. 그러나 "유령이 없다면 슬플 것이다"(「유령이 없다면 슬프다」). 유령이 사라진다는 것은 '나'가 사라지는 일이기 때문이다. '나'(들)의 사라짐은 이야기의 사라짐을 의미하기 때문이다. 이야기는 어느 한쪽의 '나'가 없다면 쓸모없는 '무

언가'가 되어버리고 만다. 어느 쪽에서든 '나-유령'은 중얼
거린다. 어느 쪽에서든 '나-유령'은 그 중얼거림을 듣고 싶
어한다. ("대체 하려는 말이 뭐야? 당장 창을 열어"라는 명
령의 주체와 객체는 그러므로 불분명하다) 중얼거림은 때
로 하얀 입김의 모양을 갖추기도 하고(너무나 유령처럼, 유
령같이), 어떤 '나'는 거기에 의미 없는 도형이나 글자를 적
어보기도 하는 것이다. 그럼으로써 '나-유령'은 창문을 확
인한다. 이쪽은 안쪽인가 바깥쪽인가. 우리는 이미 알고 있
다. 안이든 밖이든 모두 이야기이다. 구분은 없었다. 이야
기는 그런 것을 허용하지 않는다. 이야기는, 호접몽 같은 것
이 아닐뿐더러, 단단한 것이다. 아무리 굴려도 깨지지 않는
것이다. '투명한 창문'이란 여기는 여기이고 거기는 거기라
는 지시, 단지 그것뿐이다. "겨울의 바닥이며/ 눈밭을 더럽
히는 냄새나는 구멍일 뿐"인 "창밖의 인간"도, "귀엽고 통
통한 볼"을 가진 "당신"도 '나-유령'이며, 시인은 이 안팎
의 '나-유령', 일을 받아 적는 속기사이다. 더없이 성실하
게 일하고 있는 시인에게 이 모든 일은 그저 우스꽝스럽다.

　　늦잠 때문에 친구를 잃었고 바빠서 사랑에 실패한 사람
　　으로서 바다를 바라본다 가령 사람은 어차피 혼자라는 생
　　각이 편했다 누구나 변한다는 생각이 편했는데 그리 편하
　　게 살아오지 못한 사람으로서

바다를 바라본다 벌써 내려갈 일을 염려하는 사람 하지
만 어떻게든 시간을 내서 바다에 왔고 나는 죽어가는 사
람이라는 생각에 빠져 있는 사람으로서 바다를 바라본다
—「바다 보기」 부분

이야기의 고향

이야기 속에서, 시인은 시를 받아 적고 있다. 그런 시인
에게 가면은 필요 없다. 과잉도 절제도 시인의 시쓰기에서
는 무용한 논의이다. 이야기 속 시인은 어떤 것에도 결속되
지 않는다. 이야기 속에서는 마감도, 생계나 육아도, 학업
도 "돈도 시간도 쓸모없기는 매한가지"(「유령이 없다면 슬
프다」)이다. 이야기 속에서, 시는 스스로 은유 속으로 걸어
들어간다. 환유로 작동하기 시작한다. 염두에 두어야 할 것
은 이야기뿐이다.

김상혁의 '이야기 속에서의 시'를 읽으면서 나는 '아이러
니(Irony)'를 생각한다. 반어적 체계. 낭만적 문예의 기술
법. 이상과 현실의 간격을 좁히기 위해 차용하는 슐레겔의
언술적 노력. 내가 떠올린 반어란 이런 것이 아니다. 현실을
반성적으로 성찰하고 이면을 들여다보기 위한 비틀어버리
기 또한 아니다. 이야기라는 바구니 속에 담겨 있는 비눗방
울들. 그것이 가지는 환상성 일체와 그에 못지않은 크기의

허무. 이것 또한 아니다. 시의 이야기화가 아닌, 이야기 속의 시. 해체와 합일의 시도 아닌 분리되지 않은 처음으로의 시, 개념 이전의 시를 '드러내기'. 이 시집은, 분절되지 않는다. 끝이 나지 않는다. 반복되지 않는다. 당초 탈출이라는 개념이 성립할 수 없는 이야기의 세계에서 시인으로서 살기. 비눗방울을 부는 자가 되어 자신의 숨을 불어넣기. 세상에 없는 동생들이 즐거워하는 모습을 바라보기. 그것이 이야기 속에서의 시인이 존재하는 이유가 아닐까. 그것은 더없이 고독한 일이다. 비눗방울을 즐기지 못하는 사람은 비눗방울을 부는 사람. 그의 즐거움은, 그를 제외한 곳에 있다. 이쯤에서 나는 그의 '아이러니'가 슬프기도 하다. 그 고독, 그 괴로움, 그 슬픔이 어쩌면 이야기의 고향*이 아닐까.

그렇다면 김상혁은 어쩔 수 없이 시인으로 태어난 자이다. "지금 이곳만 아니라면 세상 어디 살아도 행복하겠다는/ 생각"(「포스터」)으로 밤마다 이야기 속으로 들어가는

-----

* 김상혁 이야기의 고향은 난롯가, 흔들의자, 다락 속 궤짝이 아니고, 요와 이불 사이, 할머니의 무릎, 밤이나 고구마가 들어 있는 화로도 아니다. 김상혁의 이야기, 그것의 고향은 김상혁이다. 다정하고 쌀쌀맞고 태평하며 다급한, 넉넉하고 명랑하고 선한, 그럭저럭 슬프며 은근슬쩍 비관적이고 그런대로 견딜 만한 그런 이야기다. 어떠한 뒤섞임도 거부하고 오로지 하나의 이야기 속에서 시를 쓰기. 그 고집스러운 행위를 일관성이라고 불러도 좋고 영원성이라고 정의해도 좋다.

김상혁이 세상에 수없이 많은 이야기꾼과 다른 점은 여기
에 있다. 김상혁은 "하나의 문장이 하나의 이야기가 될 수
있다"(「하나의 문장이 하나의 이야기가 된다는 것」)는 시적
확신을 가진 오직 한 사람이다. 이 독보가 그를 그의 시를
그의 이야기를 아슬하고 애틋하고 아름답게 만드는 것이다.
그는 이야기의 이야기이다.

작은 집으로, 작은 집에서

우리를 위하여 이 집 하나는 남겨주시오.
나와 아내와 아이는 한때 이곳에 살면서 세상 무서운 것
이 없었답니다.

—「작은 집」 부분

다시 자기편 골대를 향해 질주하고 있는 아이에게로 돌아
가보자. 그래서 어떻게 되었어, 하고 묻자 김상혁은 너털너
털 웃으며 대답했다. 슛을 했는데, 심지어 넣지도 못했다고.
이야기의 면모는 이토록 아찔하게 드러나곤 한다. 이야기
란, 세상의 반대편으로 내달리는 일이 아닌가. 그리하여 슛
을 하고 종내 골을 넣지도 못하는 그런 일이 아닌가.
그렇다면 이야기 속으로 들어가는 것은 일종의 위반일 것
이다. 그것이 결정적인 위협이 될 수 없으나(기어이 골은 들

어가지 않기 때문이다) 언제든 뒤로 달릴 준비가 되어 있는 존재는 경계의 대상이다. 참으로 피곤한 일이다. 그런 시인에게 '작은 집', 세상 무서운 것이 없게 만들어주는 어떤 장소가 있다는 사실은 나를 기묘하도록 안심하게 만든다. "집에 돌아올 때마다 너라는 똑같은 사람이 나를 반겨주고 있다고"(「가정」, 『다만 이야기가 남았네』, 문학동네, 2016) 가정(假定)하던 시인에게 작은 집, 최후의 최후에도 포기할 수 없는, 돌아갈 곳이 마침내 생겼다는 것은, 이야기 속으로부터의 귀환에서 얼마나 중요한 부분이 되어주는가. 모든 이야기는 돌아가는 것으로 일단락되기 때문이다.

다만 그의 열렬한 독자인 나는 시인의 귀환, '작은 집'의 귀가(歸家)가 새로운 이야기 속으로의 반환점이기를, 출발점이기를 기대해보는 것이다. 아이와 축구를 하고 아내와 마주앉아 책을 읽는 빛의 시간*이 지나고 어둑한 밤에, 홀로 책상에 앉아 "무한히 깊어지는 못"(「정원은 결심했다」)이

---

* 『우리 둘에게 큰일은 일어나지 않는다』에서 빛은, 어둑한 이야기의 속과 대비되는 개념으로 주로 사용된다. 빛은 속내를, 가려질 것을 온전히 비춰내는 명명백백함이다. 빛은 길이 된다. 빛은 사랑이며…… 그러나 빛은 "이야기를 끊"는다. 빛은 이야기의 길, 이야기의 사랑이 아니다. 이야기 속에는 단 하나의 제시나 온전한 사랑 같은 것이 존재하지 않는다. 특정도 강조도 없이 공평하게 이야기는 이야기한다. 그렇다고 빛이 필요하지 않은 것은 아니다. 빛이 필요하다는 것을, 우리가 진짜(real-world)라고 믿는 세계를 위해서 빛은 있어야 한다는 것을 "나도 모르는 것은 아니다"(「아이의 빛」).

되어버리는 그를 상상한다. 널쩍한 등을 잔뜩 구부리고 앉아 그는 비눗방울을 불어 날린다. 수십 수백 수천의 얼굴들이 떠오르고 그것들은 낱낱의 이야기가 된다. 시인이 비집고 들어가려는, 들어가서 보려는, 맡아보고 만져보려는 이야기이다. 이야기 밖의 '나'와 이야기 속의 '나'가 창문을 통해 만난다. 어디든 떠돌아다닐 수 있는, 어디에도 속하지 않는 유령이 되려고. 그리하여 그가 찾아내려는 것은, 그것은, 이야기. 잊히지 않고 입에서 입으로 손에서 손으로 전해지는 이야기. 그것이 어딘가에 닿을 거라고 믿으며 받아 적고 있다. 더없이 고독한 일이지만 더러 슬프고 무섭지만 이야기가 있다면, 이야기 안팎의 '나'는 무서울 것이 없다. "우리 둘에게 큰일은 일어나지 않"(「가능성」)으니까.

김상혁의 이야기 속 세계를 일주한, 얼마 지나지 않아 다시 입장하게 될 당신에게 전하고 싶은 시 한 편을 온전히 옮겨놓는다. 그가 '나'에게, '나'가 '나'에게, 김상혁이 김상혁에게 건네는 이야기적 이해, 라고 해도 좋겠다.

어제는 종일 빛 생각뿐이었다. 이제 마흔인데 그렇게 살면 어떡해? 아니, 마음은 안 그런데 자꾸 말이 나쁘게 나와…… 이야기를 끊고 고개를 숙이는 빛의 마음을 나도 모르는 것은 아니다.

빛은 식물을 키우고 빛은 멸균하고 빛은 모서리가 뭉개진 작은 택배 상자를 현관 앞에 두고 돌아섰다. 빛은······얼마든지 더 입을 다물 수 있다. 하루는 창문 안으로 들이쳤고 빛은 더는 참을 수가 없었던 것이다, 내가 빛 앞에서 종일 빛 생각뿐이라는 사실을.

　빛이 웃는다. 빛이 아이를 뛰게 한다. 빛은 흉한 이야기 속에서도 잃을 것이 없다. 빛은 나의 얼굴과 사랑을 변화시킨다. 땀에 흠뻑 젖어 집으로 돌아온 내 아이는 방금 망원동 사거리에서 빛이 자기 손을 힘껏 잡아 큰 차에 태우려 했다 말하면서도,

　아직도 빛은 사랑이어요, 그렇다고 우리가 빛의 손길을 거부해서는 안 되는 것이죠, 빛은······ 아이는 차라리 자기를 욕하라는 표정으로 빛이 희미해지는 창문 앞에서 도무지 비키지를 않았다. 끝까지 고개 숙이지 않는 아이의 마음을 나도 모르는 것은 아니다.

—「아이의 빛」 전문

김상혁 2009년『세계의문학』을 통해 등단했다. 시집으로
『이 집에서 슬픔은 안 된다』『다만 이야기가 남았네』『슬
픔 비슷한 것은 눈물이 되지 않는 시간』이 있다.

문학동네시인선 192
우리 둘에게 큰일은 일어나지 않는다
ⓒ 김상혁 2023

1판 1쇄 2023년 5월 30일
1판 3쇄 2023년 10월 12일

지은이 | 김상혁
책임편집 | 이재현
편집 | 강윤정
디자인 | 수류산방(樹流山房) 본문 디자인 | 최미영
저작권 | 박지영 형소진 최은진 서연주 오서영
마케팅 | 정민호 서지화 한민아 이민경 안남영 왕지경 황승현 김혜원 김하연
브랜딩 | 함유지 함근아 박민재 김희숙 고보미 정승민 배진성
제작 | 강신은 김동욱 이순호
제작처 | 영신사

펴낸곳 | (주)문학동네
펴낸이 | 김소영
출판등록 | 1993년 10월 22일 제2003-000045호
주소 | 10881 경기도 파주시 회동길 210
전자우편 | editor@munhak.com
대표전화 | 031) 955-8888 팩스 | 031) 955-8855
문의전화 | 031) 955-3576(마케팅), 031) 955-1920(편집)
문학동네카페 | http://cafe.naver.com/mhdn
인스타그램 | @munhakdongne 트위터 | @munhakdongne
북클럽문학동네 | http://bookclubmunhak.com

ISBN 978-89-546-9247-2 03810

* 이 책은 서울특별시, 서울문화재단 '2021년 창작집 발간 지원사업'의 지원을 받아 발
  간되었습니다.
* 이 책의 판권은 지은이와 문학동네에 있습니다. 이 책 내용의 전부 또는 일부를 재사용
  하려면 반드시 양측의 서면 동의를 받아야 합니다.

잘못된 책은 구입하신 서점에서 교환해드립니다.
기타 교환 문의: 031) 955-2661, 3580

www.munhak.com

문학동네